बन्द गली का आख़िरी मकान

(कहानी-संग्रह)

बन्द गली का आख़िरी मकान

धर्मवीर भारती

भारतीय ज्ञानपीठ

वाणी प्रकाशन : भारतीय ज्ञानपीठ की पुस्तकों
के एकमात्र प्रकाशक एवं वितरक

पहला संस्करण : 1969
पाँचवाँ संस्करण : 1987
दसवाँ संस्करण : 2001
पन्द्रहवाँ संस्करण : 2010
सोलहवाँ संस्करण : 2012
सत्रहवाँ संस्करण : 2015
अठारहवाँ संस्करण : 2020
उन्नीसवाँ संस्करण : 2023

लोकोदय ग्रन्थमाला : ग्रन्थांक 286

प्रकाशक
वाणी प्रकाशन ग्रुप
4695, 21-ए, दरियागंज, नयी दिल्ली-110 002
फ़ोन : 011-23273167, 23275710
ईमेल : sales@vaniprakashan.in

ISBN : 978-93-5518-948-6

बन्द गली का आख़िरी मकान
(कहानी-संग्रह)
धर्मवीर भारती

BAND GALI KA AAKHIRI MAKAN
(Short-Stories)
by Dharmveer Bharati

मुद्रक : आर. टेक ऑफ़सेट प्रिंटर्स, दिल्ली-110 032

Price : INR. 395

आत्मन् को सस्नेह साभार

अनुक्रम

गुलकी बन्नो

"ऐ मर कलमुँहे!" अकस्मात् घेघा बुआ ने कूड़ा फेंकने के लिए दरवाज़ा खोला और चौतरे पर बैठे मिरवा को गाते हुए देखकर कहा, "तोरे पेट में फोनोगिराफ उलियान बा का, जौन भिनसार भवा कि तान तोड़ै लाग? राम जानै, रात के कैसन एकरा दीदा लागत है!" मारे डर के कि कहीं घेघा बुआ सारा कूड़ा उसी के सर पर न फेंक दें, मिरवा थोड़ा खिसक गया और ज्यों ही घेघा बुआ अन्दर गयीं कि फिर चौतरे की सीढ़ी पर बैठ, पैर झुलाते हुए उसने उल्टा-सुल्टा गाना शुरू कर किया, "तुमें बछ याद कलते अम छनम तेली कछम!" मिरवा की आवाज़ सुनकर जाने कहाँ से झबरी कुतिया भी कान-पूँछ झटकारते आ गयी और नीचे सड़क पर बैठकर मिरवा का गाना बिलकुल उसी अन्दाज़ में सुनने लगी जैसे हिज़ मास्टर्स वॉयस के रिकार्ड पर तसवीर बनी होती है।

अभी सारी गली में सन्नाटा था। सबसे पहले मिरवा (असली नाम मिहिरलाल) जागता था और आँख मलते-मलते घेघा बुआ के चौतरे पर आ बैठता था। उसके बाद झबरी कुतिया, फिर मिरवा की छोटी बहन मटकी और उसके बाद एक-एक कर गली के तमाम बच्चे--खोंचेवाली का लड़का मेवा, ड्राइवर साहब की लड़की निरमल, मनीजर साहब के मुन्ना बाबू--सभी आ जुटते थे। जब से गुलकी ने घेघा बुआ के चौतरे पर तरकारियों की दुकान रखी थी तब से यह जमावड़ा वहाँ होने लगा था। उसके पहले बच्चे हकीमजी के चौतरे पर खेलते थे। धूप निकलते गुलकी सट्टी से तरकारियाँ ख़रीदकर अपनी कुबड़ी पीठ पर लादे, डण्डा टेकती आती और अपनी दुकान फैला देती। मूली, नीबू, कद्दू, लौकी, घिया-बण्डा, कभी-कभी सस्ते फल! मिरवा और मटकी जानकी उस्ताद के बच्चे थे जो एक भयंकर रोग में गल-गलकर मरे थे और दोनों बच्चे भी विकलांग, विक्षिप्त और रोगग्रस्त पैदा हुए थे। सिवा झबरी कुतिया के और कोई उनके पास नहीं बैठता था और सिवा गुलकी के कोई उन्हें अपनी देहरी या दुकान पर चढ़ने नहीं देता था।

आज भी गुलकी को आते देखकर पहले मिरवा गाना छोड़कर बोला, "छलाम गुलकी!" और मटकी अपने बढ़ी हुई तिल्लीवाले पेट पर से खिसकता हुआ जाँघिया सँभालते हुए बोली, "एक ठो मूली दै देव! ए गुलकी!" गुलकी पता नहीं किस बात से खीजी हुई थी कि उसने मटकी को झिड़क दिया और अपनी दुकान लगाने लगी। झबरी भी पास गयी कि गुलकी ने डण्डा उठाया। दुकान लगाकर वह अपनी कुबड़ी पीठ दुहराकर बैठ गयी और जाने किसे बुड़बुड़ाकर गालियाँ देने लगी। मटकी एक क्षण चुपचाप खड़ी रही फिर उसने रट लगाना शुरू किया, "एक मूली! ए गुलकी! एक..." गुलकी ने फिर झिड़का तो चुप हो गयी और अलग हटकर लोलुप नेत्रों से सफ़ेद धुली हुई मूलियों को देखने लगी। इस बार वह बोली नहीं। चुपचाप उन मूलियों की ओर हाथ बढ़ाया ही था कि गुलकी चीख़ी, "हाथ हटाओ। छूना मत। कोढ़िन कहीं की! कहीं खाने-पीने की चीज देखी तो जोंक की तरह चिपक गयी, चल उधर!" मटकी पहले तो पीछे हटी पर फिर उसकी तृष्णा ऐसी अदम्य हो गयी कि उसने हाथ बढ़ाकर एक मूली खींच ली। गुलकी का मुँह तमतमा उठा और उसने बाँस की खपच्ची उठाकर उसके हाथ पर चट से दे मारी! मूली नीचे जा गिरी और "हाय! हाय! हाय!" कर दोनों हाथ झटकती हुई मटकी पाँव पटक-पटककर रोने लगी। "जावो अपने घर रोवो। हमारी दुकान पर मरने को गली-भर के बच्चे हैं—" गुलकी चीख़ी! "दुकान दैकै हम बिपता मोल लै लिया! छन-भर पूजा-भजन में भी कचरघाँव मची रहती है!" अन्दर से घेघा बुआ ने स्वर मिलाया। ख़ासा हंगामा मच गया कि इतने में झबरी भी खड़ी हो गयी और लगी उदात्त स्वर में भूँकने। 'लेफ्ट राइट! लेफ्ट राइट।' चौराहे पर तीन-चार बच्चों का जलूस चला आ रहा था। आगे-आगे दर्जा 'ब' में पढ़नेवाले मुन्ना बाबू नीम की सण्टी को झण्डे की तरह थामे जलूस का नेतृत्व कर रहे थे, पीछे थे मेवा और निरमल। जलूस आकर दुकान के सामने रुक गया। गुलकी सतर्क हो गयी। दुश्मन की ताक़त बढ़ गयी थी।

मटकी सिसकते-सिसकते बोली, "हमके गुलकी मारिस है। हाय! हाय! हमके नरिया में ढकेल दिहिस। अरे बाप रे!" निरमल, मेवा, मुन्ना, सब पास आकर उसकी चोट देखने लगे। फिर मुन्ना ने ढकेलकर सबको पीछे हटा दिया और सण्टी लेकर तनकर खड़े हो गये, "किसने मारा है इसे!"

"हम मारा है!" कुबड़ी गुलकी ने बड़े कष्ट से खड़े होकर कहा, "का करोगे? हमें मारोगे!" "मारेंगे क्यों नहीं?" मुन्ना बाबू ने अकड़कर कहा। गुलकी इसका कुछ जवाब देती कि बच्चे पास घिर आये। मटकी ने जीभ निकालकर मुँह बिराया, मेवा ने पीछे जाकर कहा, "ए कुबड़ी, ए कुबड़ी, अपना कूबड़ दिखाओ!" और

एक मुट्ठी धूल उसकी पीठ पर छोड़कर भागा। गुलकी का मुँह तमतमा आया और रुँधे गले से कराहते हुए उसने पता नहीं क्या कहा। किन्तु उसके चेहरे पर भय की छाया बहुत गहरी हो गयी थी। बच्चे सब एक-एक मुट्ठी धूल लेकर शोर मचाते हुए दौड़े कि अकस्मात् घेघा बुआ का स्वर सुनाई पड़ा, "ए मुन्ना बाबू, जात हौ कि अबहिन बहिनजी का बुलवाय के दुई-चार कनेठी दिलवायी!" "जाते तो हैं!" मुन्ना ने अकड़ते हुए कहा, "ए मिरवा, बिगुल बजाओ।" मिरवा ने दोनों हाथ मुँह पर रखकर कहा, "धुतु-धुतु-धू।" जलूस आगे चल पड़ा और कप्तान ने नारा लगाया :

अपने देस में अपना राज!
गुलकी की दुकान बाईकाट!

नारा लगाते हुए जलूस गली में मुड़ गया। कुबड़ी ने आँसू पोंछे, तरकारी पर से धूल झाड़ी और साग पर पानी के छींटे देने लगी।

गुलकी की उम्र ज़्यादा नहीं थी। यही हद-से-हद पचीस-छब्बीस। पर चेहरे पर झुर्रियाँ आने लगी थीं और कमर के पास से वह इस तरह दोहरी हो गयी थी जैसे अस्सी वर्ष की बुढ़िया हो। बच्चों ने जब पहली बार उसे मुहल्ले में देखा तो उन्हें ताज्जुब भी हुआ और थोड़ा भय भी। कहाँ से आयी? कैसे आ गयी? पहले कहाँ थी? इसका उन्हें कुछ अनुमान नहीं था। निरमल ने ज़रूर अपनी माँ को उसके पिता ड्राइवर से रात को कहते हुए सुना, "यह मुसीबत और खड़ी हो गयी। मरद ने निकाल दिया तो हम थोड़े ही यह ढोल गले बाँधेंगे। बाप अलग हम लोगों का रुपया खा गया। सुना चल बसा तो डरी कि कहीं मकान हम लोग न दखल कर लें और मरद को छोड़कर चली आयी। खबरदार जो चाभी दी तुमने!"

"क्या छोटेपन की बात करती हो! रुपया उसके बाप ने ले लिया तो क्या हम उसका मकान मार लेंगे? चाभी हमने दे दी है। दस-पाँच दिन का नाज-पानी भेज दो उसके यहाँ।"

"हाँ-हाँ, सारा घर उठा के भेज़ देव। सुन रही हो घेघा बुआ!"

"तो का भवा बहू, अरे निरमल के बाबू से तो एकरे बाप की दाँत काटी रही।" घेघा बुआ की आवाज़ आयी—"बेचारी बाप की अकेली सन्तान रही। एही के बियाह में मटियामेट हुइ गवा। पर ऐसे कसाई के हाथ में दिहिस कि पाँचै बरस में कूबड़ निकर आवा।"

"साला यहाँ आवे तो हण्टर से ख़बर लूँ मैं।" ड्राइवर साहब बोले, "पाँच बरस बाद बाल-बच्चा हुआ। अब मरा हुआ बच्चा पैदा हुआ तो उसमें इसका क्या कसूर! साले ने सीढ़ी से ढकेल दिया। जिन्दगी-भर के लिए हड्डी खराब हो गयी

न! अब कैसे गुजारा हो उसका?"

"बेटवा एको दुकान खुलवाय देव। हमरा चौतरा खाली पड़ा है। यही रुपया दुइ रुपया किराया दै देवा करै, दिन-भर अपना सौदा लगाय ले। हम का मना करित हैं? एत्ता बड़ा चौतरा मुहल्लेवालन के काम न आयी तो का हम छाती पर धै लै जाब! पर हाँ, मुला रुपया दै देवा करै।"

दूसरे दिन यह सनसनीख़ेज़ ख़बर बच्चों में फैल गयी। वैसे तो हकीमजी का चबूतरा बड़ा था, पर वह कच्चा था, उस पर छाजन नहीं थी। बुआ का चौतरा लम्बा था, उस पर पत्थर जड़े थे। लकड़ी के खम्भे थे। उस पर टीन छायी थी। कई खेलों की सुविधा थी। खम्भों के पीछे किल-किल काँटे की लकीरें खींची जा सकती थीं। एक टाँग से उचक-उचककर बच्चे चिबिड्डी खेल सकते थे। पत्थर पर लकड़ी का पीढ़ा रखकर नीचे से मुड़ा हुआ तार घुमाकर रेलगाड़ी चला सकते थे। जब गुलकी ने अपनी दुकान के लिए चबूतरों के खम्भों में बाँस बाँधे तो बच्चों को लगा कि उनके साम्राज्य में किसी अज्ञात शत्रु ने आकर क़िलेबन्दी कर ली है। वे सहमे हुए दूर से कुबड़ी गुलकी को देखा करते थे। निरमल ही उसकी एकमात्र संवाददाता थी और निरमल का एकमात्र विश्वस्त सूत्र था उसकी माँ। उससे जो सुना था उसके आधार पर निरमल ने सबको बताया था कि यह चोर है। इसका बाप सौ रुपया चुराकर भाग गया। यह भी उसके घर का सारा रुपया चुराने आयी है। "रुपया चुराएगी तो यह भी मर जाएगी।" मुन्ना ने कहा, "भगवान सबको दण्ड देता है।" निरमल बोली, "ससुराल में भी रुपया चुराये होगी।" मेवा बोला, "अरे कूबड़ थोड़े है! ओही रुपया बाँधे है पीठ पर। मनसेधू का रुपया है।" "सचमुच?" निरमल ने अविश्वास से कहा। "और नहीं क्या। कूबड़ थोड़े है। है तो दिखावै।" मुन्ना द्वारा उत्साहित होकर मेवा पूछने ही जा रहा था कि देखा साबुनवाली सत्ती खड़ी बात कर रही है गुलकी से—कह रही थी, "अच्छा किया तुमने! मेहनत से दुकान करो। अब कभी थूकने भी न जाना उसके यहाँ। हरामजादा, दूसरी औरत कर ले, चाहे दस और कर ले। सबका खून उसी के मत्थे चढ़ेगा। यहाँ कभी आवे तो कहलाना मुझसे। इसी चाकू से दोनों आँखें निकाल लूँगी!"

बच्चे डरकर पीछे हट गये। चलते-चलते सत्ती बोली, "कभी रुपये-पैसे की जरूरत हो तो बताना बहिना!"

कुछ दिन बच्चे डरे रहे। पर अकस्मात् उन्हें यह सूझा कि सत्ती को यह कुबड़ी डराने के लिए बुलाती है। इसने उसके गुस्से में आग में घी का काम किया। पर कर क्या सकते थे। अन्त में उन्होंने एक तरीक़ा ईजाद किया। वे एक

बुढ़िया का खेल खेलते थे। उसको उन्होंने संशोधित किया। मटकी को लैमन जूस देने का लालच देकर कुबड़ी बनाया गया। वह उसी तरह पीठ दोहरी करके चलने लगी। बच्चों ने सवाल-जवाब शुरू किये :

"कुबड़ी-कुबड़ी का हेराना?"

"सुई हिरानी।"

"सुई लैके का करबे?"

"कन्था सीबै!"

"कन्था सी के का करबे?"

"लकड़ी लाबै!"

"लकड़ी लाय के का करबे?"

"भात पकइबे!"

"भात पकाय के का करबे?"

"भात खाबै!"

"भात के बदले लात खाबै।"

और इसके पहले कि कुबड़ी बनी हुई मटकी कुछ कह सके, वे उसे ज़ोर से लात मारते और मटकी मुँह के बल गिर पड़ती, उसकी कोहनियाँ और घुटने छिल जाते, आँख में आँसू आ जाते और होंठ दबाकर वह रुलाई रोकती। बच्चे ख़ुशी से चिल्लाते, "मार डाला कुबड़ी को। मार डाला कुबड़ी को।" गुलकी यह सब देखती और मुँह फेर लेती।

एक दिन जब इसी प्रकार मटकी को कुबड़ी बनाकर गुलकी की दुकान के सामने ले गये तो इसके पहले कि मटकी जवाब दे, उन्होंने अनचित्ते में इतनी ज़ोर से ढकेला दिया कि वह कुहनी भी न टेक सकी और सीधे मुँह के बल गिरी। नाक, होंठ और भौंह ख़ून से लथपथ हो गये। वह "हाय! हाय!" कर इस बुरी तरह चीख़ी कि लड़के "कुबड़ी मर गयी!" चिल्लाते हुए भी सहम गये और हतप्रभ हो गये। अकस्मात् उन्होंने देखा कि गुलकी उठी। वे जान छोड़कर भागे। पर गुलकी उठकर आयी, मटकी को गोद में लेकर पानी से उसका मुँह धोने लगी और धोती से ख़ून पोंछने लगी। बच्चों ने पता नहीं क्या समझा कि वह मटकी को मार रही है, या क्या कर रही है कि वे अकस्मात् उस पर टूट पड़े। गुलकी की चीख़ें सुनकर मुहल्ले के लोग आये तो उन्होंने देखा कि गुलकी के बाल बिखरे हैं, दाँत से ख़ून बह रहा है, अधउघारी चबूतरे के नीचे पड़ी है, और सारी तरकारी सड़क पर बिखरी है। घेघा बुआ ने उसे उठाया, धोती ठीक की और बिगड़कर बोलीं, "औकात रत्ती-भर नै, और तेहा पौवा-भर। आपन बखत देख के चुप नै रहा

जात। काहे लड़कन के मुँह लगत हो?" लोगों ने पूछा तो कुछ नहीं बोली। जैसे उसे पाला मार गया हो। उसने चुपचाप अपनी दुकान ठीक की और दाँत से ख़ून पोंछा, कुल्ला किया और बैठ गयी।

उसके बाद अपने उस कृत्य से बच्चे जैसे खुद सहम गये थे। बहुत दिन तक वे शान्त रहे। आज जब मेवा ने उसकी पीठ पर धूल फेंकी तो जैसे उसे ख़ून चढ़ गया पर फिर न जाने वह क्या सोचकर चुप रह गयी और जब नारा लगाते हुए जलूस गली में मुड़ गया तो उसने आँसू पोंछे, पीठ पर से धूल झाड़ी और साग पर पानी छिड़कने लगी। "लड़के का हैं गल्ली के राच्छस हैं!" घेघा बुआ बोलीं। "अरे उन्हें काहे कहो बुआ! हमारा भाग ही खोटा है!" गुलकी ने गहरी साँस लेकर कहा...।

इस बार जो झड़ी लगी तो पाँच दिन तक लगातार सूरज के दर्शन नहीं हुए। बच्चे सब घर में क़ैद थे और गुलकी कभी दुकान लगाती थी, कभी नहीं। राम-राम करके छठे दिन तीसरे पहर झड़ी बन्द हुई। बच्चे हकीमजी के चौतरे पर जमा हो गये। मेवा बिलबोटी बीन लाया था और निरमल ने टपकी हुई निमकौड़ियाँ बीनकर दुकान लगा ली थी और गुलकी की तरह आवाज़ लगा रही थी, "ले खीरा, आलू, मूरी, घिया, बण्डा!" थोड़ी देर में काफ़ी शिशु-ग्राहक दुकान पर जुट गये। अकस्मात् शोरगुल को चीरता हुआ बुआ के चौतरे से गीत का स्वर उठा। बच्चों ने घूमकर देखा मिरवा और मटकी गुलकी की दुकान पर बैठे हैं। मटकी खीरा खा रही है और मिरवा झबरी का सर अपनी गोद में रखे बिलकुल उसकी आँखों में आँखें डालकर गा रहा है।

तुरन्त मेवा गया और पता लगाकर लाया कि गुलकी ने दोनों को एक-एक अधन्ना दिया है और दोनों मिलकर झबरी कुतिया के कीड़े निकाल रहे हैं। चौतरे पर हलचल मच गयी और मुन्ना ने कहा, "निरमल! मिरवा-मटकी को एक भी निमकौड़ी मत देना। रहें उसी कुबड़ी के पास!" "हाँ जी!" निरमल ने आँख चमकाकर गोल मुँह करके कहा, "हमार अम्माँ कहत रहीं उन्हें छुयो न! न साथ खायो, न खेलो। उन्हें बड़ी बुरी बीमारी है। आक थू!" मुन्ना ने उनकी ओर देखकर उबकाई जैसा मुँह बनाकर थूक दिया।

गुलकी बैठी-बैठी सब समझ रही थी और जैसे इस निरर्थक घृणा में उसे कुछ रस-सा आने लगा था। उसने मिरवा से कहा, "तुम दोनों मिल के गाओ तो एक अधन्ना दें। खूबं जोर से !" भाई-बहन दोनों ने गाना शुरू किया—"माल कताली

मल जाना, पल अकियाँ किछी से...'' अकस्मात् पटाक से दरवाज़ा खुला और एक लोटा पानी दोनों के ऊपर फेंकती हुई घेघा बुआ गरजीं, ''दुर कलमुँहे। अबहिन बित्तौ-भर के नाहीं ना और पतुरियन के गाना गावै लगे। न बहन का ख्याल, न बिटिया का। और ए कुबड़ी, हम तुहूँ से कहे देईत हैं कि हम चकलाख़ाना खोलै के बरे अपना चौतरा नहीं दिया रहा। हुँह! चली हुँआ से मुजरा करावै।''

गुलकी ने पानी उधर छिटकाते हुए कहा, ''बुआ, बच्चे हैं। गा रहे हैं। कौन कसूर हो गया।''

''ऐ हाँ! बच्चे हैं। तुहूँ तो दूध पियत बच्ची हौ। कह दिया कि जबान न लड़ायो हमसे, हाँ! हम बहुतै बुरी हैं। एक तो पाँच महीने से किराया नाहीं दियो और हियाँ दुनिया-भर के अन्धे-कोढ़ी बटुरे रहत हैं। चलौ उठाओ अपनी दुकान हियाँ से। कल से न देखी हियाँ तुम्हें। राम! राम! सब अधरम की सन्तान राच्छस पैदा भये हैं मुहल्ले में! धरतियौ नाहीं फा़टत कि मर बिलाय जाँय।''

गुलकी सन्न रह गयी। उसने किराया सचमुच पाँच महीने से नहीं दिया था। बिक्री नहीं थी। मुहल्ले में कोई कुछ उससे लेता ही नहीं था, पर इसके लिए बुआ निकाल देंगी यह उसे कभी आशा नहीं थी। वैसे भी महीने में बीस दिन वह भूखी सोती थी। धोती में दस-दस पैबन्द थे। मकान गिर चुका था। एक दालान में थोड़ी-सी जगह में वह सो जाती थी। पर दुकान तो वहाँ रखी नहीं जा सकती। उसने चाहा कि वह बुआ के पैर पकड़ ले, मिन्नत कर ले। पर बुआ ने जितनी ज़ोर से दरवाज़ा खोला था उतनी ही ज़ोर से बन्द कर दिया। जब से चौमासा आया था, पुरवाई बही थी, उसकी पीठ में भयानक पीड़ा उठती थी। उसके पाँव काँपते थे। सट्टी में उस पर उधार बुरी तरह चढ़ गया था। पर अब होगा क्या? वह मा· खीज के रोने लगी।

इतने में कुछ खटपट हुई और उसने घुटनों से मुँह उठाकर देखा कि मौक़ पाकर मटकी ने एक ताज़ा फूट निकाल लिया है और मरभुखी की तरह उसे हबर-हबर खाती जा रही है। एक क्षण वह उसके फूलते-पचकते पेट को देखती रही, फिर ख़याल आते ही कि फूट पूरे दस पैसे का है, वह उबल पड़ी और सड़ासड़ तीन-चार खपच्ची मारते हुए बोली, ''चोट्टी! कुतिया! तोरे बदन में कीड़ा पड़े!' मटकी के हाथ से फूट गिर पड़ा पर वह नाली में से फूट के टुकड़े उठाते हुए भागी। न रोयी, न चीख़ी, क्योंकि मुँह में भी फूट भरा था। मिरवा हक्का-बक्का इस घटना को देख रहा था कि गुलकी उसी पर बरस पड़ी। सड़-सड़ उसने मिरवा को मारना शुरू किया, ''भाग, यहाँ से हरामजादे!'' मिरवा दर्द से तिलमिला उठा, ''हमला पइछा देव तो जाई।'' ''देत हैं पैसा, ठहर तो।'' सड़! सड़!...रोता हुआ

मिरवा चौतरे की ओर भागा।

निरमल की दुकान पर सन्नाटा छाया था। सब चुप उसी ओर देख रहे थे। मिरवा ने आकर कुबड़ी की शिकायत मुन्ना से की। मुन्ना चुप रहा। फिर मेवा की ओर घूमकर बोला, "मेवा बता दो इसे!" मेवा पहले हिचकिचाया, फिर बड़ी मुलायमियत से बोला, "मिरवा, तुम्हें बीमारी हुई है न! तो हम लोग अब तुम्हें नहीं छुएँगे। साथ नहीं खिलाएँगे। तुम उधर बैठ जाओ।"

"हम बिमाल हैं मुन्ना?"

मुन्ना कुछ पिघला, "हाँ, हमें छूओ मत। निमकौड़ी खरीदना हो तो उधर बैठ जाओ, हम दूर से फेंक देंगे। समझे!" मिरवा समझ गया, सर हिलाया और अलग जाकर बैठ गया। मेवा ने निमकौड़ी उसके पास रख दी और वह चोट भूलकर पकी निमकौड़ी का बीजा निकालकर छीलने लगा।

इतने में ऊपर से घेघा बुआ की आवाज़ आयी, "ऐ मुन्ना! तई तू लोग परे हो जाओ! अबहिन पानी गिरी ऊपर से!" बच्चों ने ऊपर देखा। तिछत्ते पर घेघा बुआ कछोटा मारे पानी में छप-छप करती घूम रही थीं। कूड़े से तिछत्ते की नाली बन्द थी और पानी भरा था। जिधर बुआ खड़ी थीं उसके ठीक नीचे गुलकी का सौदा था। बच्चे वहाँ से दूर थे पर गुलकी को सुनाने के लिए बात बच्चों से कही गयी थी। गुलकी कराहती हुई उठी। कूबड़ की वजह से वह तनकर तिछत्ते की ओर देख भी नहीं सकती थी। उसने धरती की ओर देखकर ऊपर बुआ से कहा, "इधर की नाली काहे खोल रही हो? उधर की खोलो न!"

"काहे उधर की खोली! उधर हमार चौका है कि नै!"

"इधर हमारा सौदा लगा है।"

"ऐ है!" बुआ हाथ चमकाकर बोलीं, "सौदा लगा है रानी साहब का! किराया देय के दायीं हियाव फाटत है और टर्राय के दायीं नटई में गामा पहिलवान का जोर तो देखो! सौदा लगा है तो हम का करी। नारी तो इहै खुली!"

"खोलो तो देखैं!" अकस्मात् गुलकी ने तड़प कर कहा। आज तक किसी ने उसका वह स्वर नहीं सुना था—"पाँच महीने का दस रुपया नहीं दिया बेशक, पर हमारे घर की धन्नी निकाल के बसन्तू के हाथ किसने बेचा? तुमने। पच्छिम ओर का दरवाजा चिरवा के किसने जलवाया? तुमने। हम गरीब हैं। हमारा बाप नहीं है। सारा मुहल्ला हमें मिल के मार डालो।"

"हम्में चोरी लगाती है। अरे कल की पैदा हुई।" बुआ मारे गुस्से के खड़ी बोली बोलने लगी थीं।

बच्चे चुप खड़े थे। वे कुछ-कुछ सहमे हुए थे। कुबड़ी का यह रूप उन्होंने

कभी न देखा, न सोचा था।

"हाँ! हाँ! हाँ। तुमने, ड्राइवर चाचा ने, चाची ने सबने मिलके हमारा मकान उजाड़ा है। अब हमारी दुकान बहाय देव। देखेंगे हम भी। निरबल के भी भगवान हैं!"

"ले! ले! ले! भगवान हैं तो ले!" और बुआ ने पागलों की तरह दौड़कर नाली में जमा कूड़ा लकड़ी से ठेल दिया। छह इंच मोटी गन्दे पानी की धार धड़-धड़ करती हुई उसकी दुकान पर गिरने लगी। तरोइयाँ पहले नाली में गिरीं, फिर मूली, खीरे, साग, अदरक उछल-उछलकर दूर जा गिरे। गुलकी आँख फाड़े पागल-सी देखती रही और फिर दीवार पर सर पटककर हृदय-विदारक स्वर में डकराकर रो पड़ी, "अरे मोर बाबू, हमें कहाँ छोड़ गये! अरे मोरी माई, पैदा होते ही हमें क्यों नहीं मार डाला! अरे धरती मैया, हमें काहे नहीं लील लेती!"

सर खोले बाल बिखेरे छाती कूट-कूटकर वह रो रही थी और तिछत्ते का पिछले नौ दिन का जमा पानी धड़-धड़ गिर रहा था।

बच्चे चुप खड़े थे। अब तक जो हो रहा था, उनकी समझ में आ रहा था। पर आज यह क्या हो गया, यह उनकी समझ में नहीं आ सका। पर वे कुछ बोले नहीं। सिर्फ़ मटकी उधर गयी और नाली में बहता हुआ एक मोटा हरा खीरा निकालने लगी कि मुन्ना ने डाँटा, "खबरदार! जो कुछ चुराया।" मटकी पीछे हट गयी। वे सब किसी अप्रत्याशित भय, संवेदना या आशंका से जुड़-बटुरकर खड़े हो गये। सिर्फ़ मिरवा अलग सर झुकाये खड़ा था। झींसी फिर पड़ने लगी थी और वे एक-एक कर अपने घर चले गये।

दूसरे दिन चौतरा ख़ाली था। दुकान का बाँस उखड़वाकर बुआ ने नाँद में गाड़कर उस पर तुरई की लतर चढ़ा दी थी। उस दिन बच्चे आये पर उनकी हिम्मत चौतरे पर जाने की नहीं हुई। जैसे वहाँ कोई मर गया हो। बिलकुल सुनसान चौतरा था और फिर तो ऐसी झड़ी लगी कि बच्चों का निकलना बन्द। चौथे या पाँचवें दिन रात को भयानक वर्षा तो हो ही रही थी, पर बादल भी ऐसे गरज रहे थे कि मुन्ना अपनी खाट से उठकर अपनी माँ के पास घुस गया। बिजली चमकते ही जैसे क़मरा रोशनी से नाच-नाच उठता था। छत पर बूँदों की पटर-पटर कुछ धीमी हुई, थोड़ी हवा भी चली और पेड़ों का हरहर सुनाई पड़ा कि इतने में धड़-धड़-धड़ धड़ाम! भयानक आवाज़ हुई। माँ भी चौंक पड़ी। पर उठी नहीं। मुन्ना आँखें खोले अँधेरे में ताकने लगा। सहसा लगा मुहल्ले में कुछ लोग बातचीत कर रहे हैं। घेघा बुआ की आवाज़ सुनाई पड़ी—"किसका मकान गिरा है रे?" "गुलकी का!"—किसी का दूरागत उत्तर आया। "अरे बाप रे! दब गयी क्या?" "नहीं,

आज तो मेवा की माँ के यहाँ सोयी है!" मुन्ना लेटा था और उसके ऊपर अँधेरे में यह सवाल-जवाब इधर-से-उधर और उधर-से-इधर जा-आ रहे थे। वह फिर काँप उठा, माँ के पास घुस गया और सोते-सोते उसने साफ़ सुना—कुबड़ी फिर उसी तरह रो रही है, गला फाड़कर रो रही है! कौन जाने मुन्ना के ही आँगन में बैठकर रो रही हो! नींद में वह स्वर कभी दूर कभी पास आता हुआ ऐसा लग रहा है जैसे कुबड़ी मुहल्ले के हर आँगन में जाकर रो रही है पर कोई सुन नहीं रहा, सिवा मुन्ना के।

बच्चों के मन में कोई बात इतनी गहरी लकीर नहीं बनाती कि उधर से उनका ध्यान हटे ही नहीं। सामने गुलकी थी तो वह एक समस्या थी, पर उसकी दुकान हट गयी, फिर वह जाकर साबुनवाली सत्ती के गलियारे में सोने लगी और दो-चार घरों से माँग-मूँगकर खाने लगी, उस गली में दिखती ही नहीं थी। बच्चे भी दूसरे कामों में व्यस्त हो गये। अब जाड़े आ रहे थे, उनका जमावड़ा सुबह न होकर तीसरे पहर होता था। जमा होने के बाद जलूस निकलता था और जिस जोशीले नारे से गली गूँज उठती थी वह था—"घेघा बुआ को वोट दो।" पिछले दिनों म्युनिसिपैलिटी का चुनाव हुआ था और उसी में बच्चों ने यह नारा सीखा था। वैसे कभी-कभी बच्चों में दो पार्टियाँ भी होती थीं, पर दोनों को घेघा बुआ से अच्छा उम्मीदवार कोई नहीं मिलता था अतः दोनों गला फाड़-फाड़कर उनके ही लिए वोट माँगती थीं।

उस दिन जब घेघा बुआ के धैर्य का बाँध टूट गया और नयी-नयी गालियों से विभूषित अपनी पहली एलेक्शन स्पीच देने ज्यों ही चौतरे पर अवतरित हुईं कि उन्हें डाकिया आता हुआ दिखाई पड़ा। वह अचकचाकर रुक गयीं। डाकिये के हाथ में एक पोस्टकार्ड था और वह गुलकी को ढूँढ़ रहा था। बुआ ने लपककर पोस्टकार्ड लिया, एक साँस में पढ़ गयीं। उनकी आँखें मारे अचरज के फैल गयीं, और डाकिये को यह बताकर कि गुलकी सत्ती साबुनवाली के ओसारे में रहती है, वे झट से दौड़ी-दौड़ी निरमल की माँ ड्राइवर की पत्नी के यहाँ गयीं। बड़ी देर तक दोनों में सलाह-मशविरा होता रहा और अन्त में बुआ आयीं और उन्होंने मेवा को भेजा, "जा गुलकी को बुलाय ला!"

पर जब मेवा लौटा तो उसके साथ गुलकी नहीं वरन् सत्ती साबुनवाली थी और सदा की भाँति इस समय भी उसकी कमर से वह काले बेंट का चाकू लटक रहा था जिससे वह साबुन की टिक्की काटकर दुकानदारों को देती थी। उसने आते

ही भौंह सिकोड़कर बुआ को देखा और कड़े स्वर में बोली, ''क्यों बुलाया है गुलकी को? तुम्हारा दस रुपये किराया बाकी था, तुमने पन्द्रह रुपये का सौदा उजाड़ दिया! अब क्या काम है!'' ''अरे! राम! राम! कैसा किराया बेटी! अन्दर आओ, अन्दर आओ!'' बुआ के स्वर में असाधारण मुलायमियत थी। सत्ती के अन्दर जाते ही बुआ ने फटाक् से किवाड़ बन्द कर लिये। बच्चों का कौतूहल बहुत बढ़ गया था। बुआ के चौके में एक झँझरी थी। सब बच्चे वहाँ पहुँचे और आँख लगाकर कनपटियों पर दोनों हथेलियाँ रखकर घण्टीवाला बाइसकोप देखने की मुद्रा में खड़े हो गये।

अन्दर सत्ती गरज रही थी, ''बुलाया है तो बुलाने दो। क्यों जाए गुलकी? अब बड़ा खयाल आया है। इसलिए कि उसकी रखैल को बच्चा हुआ है जो जाके गुलकी झाड़ू-बुहारू करे, खाना बनावे, बच्चा खिलावे, और वह मरद का बच्चा गुलकी की आँख के आगे रखैल के साथ गुलछर्रे उड़ावे!''

निरमल की माँ बोलीं, ''अरे बिटिया, पर गुजर तो अपने आदमी के साथ करैगी न! जब उसकी पत्री आयी है तो गुलकी को जाना चाहिए। और मरद तो मरद। एक रखैल छोड़ दुई-दुई रखैल रख ले तो औरत उसे छोड़ देगी? राम! राम!''

''नहीं, छोड़ नहीं देगी तो जाय कै लात खायगी?'' सत्ती बोली।

''अरे बेटा!'' बुआ बोलीं, ''भगवान रहें न? तौन मथुरापुरी में कुब्जा दासी के लात मारिन तो ओकर कूबर सीधा हुइ गवा। पती तो भगवान हैं बिटिया! ओका जाय देव!''

''हाँ-हाँ, बड़ी हितू न बनिए! उसके आदमी से आप लोग मुफ्त में गुलकी का मकान झटकना चाहती हैं। मैं सब समझती हूँ।''

निरमल की माँ का चेहरा ज़र्द पड़ गया। पर बुआ ने ऐसी कच्ची गोली नहीं खेली थी। वे डपटकर बोलीं, ''खबरदार जो कच्ची जबान निकाल्यो! तुम्हारा चरित्तर कौन नै जानता! ओही छोकरा मानिक...''

''जबान खींच लूँगी,'' सत्ती गला फाड़कर चीख़ी, ''जो आगे एक हरूफ़ कहा।'' और उसका हाथ अपने चाकू पर गया—

''अरे! अरे! अरे!'' बुआ सहमकर दस क़दम पीछे हट गयीं—''तो का खून करबो का, कतल करबो का?''—सत्ती जैसे आयी थी वैसे ही चली गयी।

तीसरे दिन बच्चों ने तय किया कि होरी बाबू के कुएँ पर चलकर बर्रें पकड़ी जाएँ। उन दिनों उनका ज़हर शान्त रहता है, बच्चे उन्हें पकड़कर उनका छोटा-सा काला

डंक निकाल लेते और फिर डोरी में बाँधकर उन्हें उड़ाते हुए घूमते। मेवा, निरमल और मुन्ना एक-एक बर्र उड़ाते हुए जब गली में पहुँचे तो देखा बुआ के चौतरे पर टीन की कुरसी डाले कोई आदमी बैठा है। उसकी अजब शक्ल थी। कान पर बड़े-बड़े बाल, मिचमिची आँखें, मोछा और तेल से चुचुआते हुए बाल। कमीज़ और धोती पर पुराना बदरंग बूट। मटकी हाथ फैलाये कह रही है, एक डबल दै देव! ए दै देव ना!'' मुन्ना को देखकर मटकी ताली बजा-बजाकर कहने लगी, ''गुलकी का मनसेधू आवा है। ए मुन्ना बाबू! ई कुबड़ी का मनसेधू है।'' फिर उधर मुड़कर—''एक डबल दै देव।'' तीनों बच्चे कौतूहल में रुक गये। इतने में निरमल की माँ एक गिलास में चाय भरकर लायी और उसे देते-देते निरमल के हाथ में बर्रे देखकर उसे डाँटने लगी। फिर बर्रे छुड़ाकर निरमल को पास बुलाया और बोली, ''बेटा, ई हमारी निरमला है। ए निरमल, जीजाजी हैं, हाथ जोड़ो! बेटा, गुलकी हमारी जात-बिरादरी की नहीं है तो का हुआ, हमारे लिए जैसे निरमल वैसे गुलकी। अरे, निरमल के बाबू और गुलकी के बाप की दाँत काटी रही। एक मकान बचा है उनकी चिन्हारी, और का!'' एक गहरी साँस लेकर निरमल की माँ ने कहा।

''अरे तो का उन्हें कोई इनकार है!'' बुआ आ गयी थीं, ''अरे सौ रुपये तुम दैबे किये रह्यू, चलो तीन सौ और दै देव। अपने नाम कराय लेव!''

''पाँच सौ से कम नहीं होगा!'' उस आदमी का मुँह खुला, एक वाक्य निकला और मुँह फिर बन्द हो गया।

''भवा! भवा! ऐ बेटा दामाद हौ, पाँच सौ कहबो तो का निरमल की माँ को इनकार है!''

अकस्मात् वह आदमी उठ खड़ा हो गया! आगे-आगे सत्ती चली आ रही थी पीछे-पीछे गुलकी। सत्ती चौतरे के नीचे खड़ी हो गयी। बच्चे दूर हट गये। गुलकी ने सर उठाकर देखा और अचकचाकर सर पर पल्ला डालकर माथे तक खींच लिया। सत्ती दो-एक क्षण उसकी ओर एकटक देखती रही और फिर गरजकर बोली, ''यही कसाई है! गुलकी, आगे बढ़कर मार दो चपोटा इसके मुँह पर! खबरदार जो कोई बोला!'' बुआ चट से देहरी के अन्दर हो गयीं, निरमल की माँ की जैसे घिग्घी बँध गयी और वह आदमी हड़बड़ाकर पीछे हटने लगा।

''बढ़ती क्यों नहीं गुलकी! बड़ा आया वहाँ से बिदा कराने!''

गुलकी आगे बढ़ी—सब सन्न थे—सीढ़ी चढ़ी, उस आदमी के चेहरे पर हवाइयाँ उड़ने लगीं। गुलकी चढ़ते-चढ़ते रुकी, सत्ती की ओर देखा, ठिठकी, अकस्मात् लपकी और फिर उस आदमी के पाँव पर गिर के फफक-फफककर रोने

लगी, "हाय! हमें काहे को छोड़ दियौ! तुम्हारे सिवा हमारा लोक-परलोक और कौन है! अरे, हमरे मरै पर कौन चुल्लू-भर पानी चढ़ायी..."

सत्ती का चेहरा स्याह पड़ गया। उसने बड़ी हिक़ारत से गुलकी की ओर देखा और गुस्से में थूक निगलते हुए कहा, "कुतिया!" और तेज़ी से चली गयी। निरमल की माँ और बुआ गुलकी के सर पर हाथ फेर-फेरकर कह रही थीं, "मत रो बिटिया! मत रो! सीता मैया भी तो बनबास भोगिन रहा। उठो गुलकी बेटा! धोती बदल लेव, कंघी चोटी करो। पति के सामने ऐसे आना असगुन होता है। चलो!"

गुलकी आँसू पोंछती-पोंछती निरमल की माँ के घर चली। बच्चे पीछे-पीछे चले तो बुआ ने डाँटा, "ऐ चलो एहर, हुँआ लड्डू बँट रहा है का!"

दूसरे दिन निरमल के बाबू (ड्राइवर साहब), गुलकी और जीजाजी दिन-भर कचहरी में रहे। शाम को लौटे तो निरमल की माँ ने पूछा, "पक्का कागज़ लिख गया?" "हाँ-हाँ रे, हाकिम के सामने लिख गया।" फिर ज़रा निकट आकर फुसफुसाकर बोले, "मट्टी के मोल मकान मिला है। अब कल दोनों को विदा करो।" "अरे, पहले सौ रुपये लाओ! बुआ का हिस्सा भी तो देना है!" निरमल की माँ उदास स्वर में बोलीं, "बड़ी चण्ट है बुढ़िया। गाड़-गाड़ के रख रही है, मर के साँप होयगी।"

सुबह निरमल की माँ के यहाँ मकान ख़रीदने की कथा थी। शंख, घण्टा-घड़ियाली, केले का पत्ता, पंजीरी, पंचामृत का आयोजन देखकर मुन्ना के अलावा सब बच्चे इकट्ठा थे। निरमल की माँ और निरमल के बाबू पीढ़े पर बैठे थे; गुलकी एक पीली धोती पहने माथे तक घूँघट काढ़े सुपारी काट रही थी और बच्चे झाँक-झाँक कर देख रहे थे। मेवा ने पहुँचकर कहा, "ए गुलकी, ए गुलकी, जीजाजी के साथ जाओगी क्या?" कुबड़ी ने झेंपकर कहा, "धत्त रे! ठिठोली करता है।" और लज्जा भरी जो मुसकान किसी भी तरुणी के चेहरे पर मनमोहक लाली बनकर फैल जाती, उसके झुर्रियोंदार बेडौल, नीरस चेहरे पर विचित्र रूप से बीभत्स लगने लगी। उसके काले पपड़ीदार होंठ सिकुड़ गये, आँखों के कोने मिचमिचा उठे और अत्यन्त कुरुचिपूर्ण ढंग से उसने अपने पल्ले से सर ढाँक लिया और पीठ सीधी कर जैसे कूबड़ छिपाने का प्रयास करने लगी। मेवा पास ही बैठ गया। कुबड़ी ने पहले इधर-उधर देखा, फिर फुसफुसाकर मेवा से कहा, "क्यों रे! जीजाजी कैसे लगे तुझे?" मेवा ने असमंजस में या संकोच में पड़कर कोई जवाब नहीं दिया तो जैसे

अपने को समझाते हुए गुलकी बोली, "कुछ भी होय। है तो अपना आदमी! हारे-गाढ़े कोई और काम आएगा? औरत को दबाय के रखना ही चाहिए।" फिर थोड़ी देर चुप रहकर बोली, "मेवा भैया, सत्ती हमसे नाराज है। अपनी सगी बहन क्या करेगी जो सत्ती ने किया हमारे लिए। ये चाची और बुआ तो सब मतलब के साथी हैं, हम क्या जानते नहीं? पर भैया, अब जो कहो कि हम सत्ती के कहने से अपने मरद को छोड़ दें, सो नहीं हो सकता।" इतने में किसी का छोटा-सा बच्चा घुटनों के बल चलते-चलते मेवा के पास आकर बैठ गया। गुलकी क्षण-भर उसे देखती रही फिर बोली, "पति से हमने अपराध किया तो भगवान ने बच्चा छीन लिया, अब भगवान हमें छमा कर देंगे?" फिर कुछ क्षण के लिए चुप हो गयी। "क्षमा करेंगे तो दूसरी सन्तान देंगे?" "क्यों नहीं देंगे? तुम्हारे जीजाजी को भगवान बनाये रखे। खोट तो हमी में है। फिर सन्तान होगी तब तो सौत का राज नहीं चलेगा।"

इतने में गुलकी ने देखा कि दरवाज़े पर उसका आदमी खड़ा बुआ से कुछ बातें कर रहा है। गुलकी ने तुरन्त पल्ले से सर ढँका और लजाकर उधर पीठ कर ली। बोली, "राम! राम! कितने दुबरा गये हैं। हमारे बिना खाने-पीने का कौन ध्यान रखता! अरे, सौत तो अपने मतलब की होगी। ले भैया मेवा, जा दो बीड़ा पान दे आ जीजा को!" फिर उसके मुँह पर वही लाज की बीभत्स मुद्रा आयी—"तुझे कसम है, बताना मत किसने दिया है।"

मेवा पान लेकर गया पर वहाँ किसी ने उस पर ध्यान ही नहीं दिया। वह आदमी बुआ से कह रहा था, "इसे ले तो जा रहे हैं, पर इतना कहे देते हैं, आप भी समझा दें उसे—कि रहना हो तो दासी बनकर रहे। न दूध की न पूत की, हमारे कौन काम की; पर हाँ औरतिया की सेवा करे, उसका बच्चा खिलावे, झाड़ू-बुहारू करे तो दो रोटी खाय पड़ी रहे। पर कभी उससे जबान लड़ाई तो खैर नहीं। हमारा हाथ बड़ा जालिम है। एक बार कूबड़ निकला, अगली बार परान निकलेगा!"

"क्यों नहीं बेटा! क्यों नहीं!" बुआ बोलीं और उन्होंने मेवा के हाथ से पान लेकर अपने मुँह में दबा लिये।

क़रीब तीन बजे इक्का लाने के लिए निरमल की माँ ने मेवा को भेजा। कथा की भीड़-भाड़ से उनका 'मूड़ पिराने' लगा था, अतः अकेली गुलकी सारी तैयारी कर रही थी। मटकी कोने में खड़ी थी। मिरवा और झबरी बाहर गुमसुम बैठे थे। निरमल की माँ ने बुआ को बुलवाकर पूछा कि बिदा-बिदाई में क्या करना होगा, तो बुआ मुँह बिगाड़कर बोलीं, "अरे कोई जात-बिरादरी की है का? एक लोटा में पानी भर के इकन्नी-दुअन्नी उतार के परजा-पजारू को दै दियो बस!" और फिर

बुआ शाम को बियारी में लग गयीं।

इक्का आते ही जैसे झबरी पागल-सी इधर-उधर दौड़ने लगी। उसे जाने कैसे आभास हो गया कि गुलकी जा रही है, सदा के लिए। मेवा ने अपने छोटे-छोटे हाथों से बड़ी-बड़ी गठरियाँ रखीं, मटकी और मिरवा चुपचाप आकर इक्के के पास खड़े हो गये। सर झुकाये पत्थर-सी चुप गुलकी निकली। आगे-आगे हाथ में पानी का भरा लोटा लिये निरमल थी। वह आदमी जाकर इक्के पर बैठ गया। "अब जल्दी करो!" उसने भारी गले से कहा। गुलकी आगे बढ़ी, फिर रुकी और टेंट से दो अधन्नी निकाले—"ले मिरवा, ले मटकी!" मटकी जो हमेशा हाथ फैलाये रहती थी, इस समय जाने कैसा संकोच उसे आ गया कि वह हाथ नीचे कर दीवार से सटकर खड़ी हो गयी और सर हिलाकर बोली, "नहीं!"

"नहीं बेटा! ले लो!" गुलकी ने पुचकारकर कहा। मिरवा-मटकी ने पैसे ले लिये और मिरवा बोला, "छलाम गुलकी! ए आदमी, छलाम!"

"अब क्या गाड़ी छोड़नी है!" वह फिर भारी गले से बोला।

"ठहरो बेटा, कहीं ऐसे दामाद की बिदाई होती है!" सहसा एक बिलकुल अजनबी किन्तु अत्यन्त मोटा स्वर सुनाई पड़ा। बच्चों ने अचरज से देखा, मुन्ना की माँ चली आ रही हैं। "हम तो मुन्ना का आसरा देख रहे थे कि स्कूल से आ जाए, उसे नाश्ता करा लें तो आएँ, पर इक्का आ गया तो हमने समझा कि अब तू चली। अरे निरमल की माँ, कहीं ऐसे बेटी की बिदाई होती है। लाओ जरा रोली घोलो जल्दी से, चावल लाओ, और सेन्दूर भी ले आना निरमल बेटा! तुम बेटा उतर आओ इक्के से!"

निरमल की माँ का चेहरा स्याह पड़ गया था। बोलीं, "जितना हमसे बन पड़ा, किया। किसी को दौलत का घमण्ड थोड़े ही दिखाना था!" "नहीं बहन! तुमने तो किया पर मुहल्ले की बिटिया तो सारे मुहल्ले की बिटिया होती है। हमारा भी तो फर्ज था। अरे माँ-बाप नहीं हैं तो मुहल्ला तो है। आओ बेटा!" और उन्होंने टीका करके आँचल के नीचे छिपाये हुए कुछ कपड़े और एक नारियल उसकी गोद में डालकर उसे चिपका लिया। गुलकी जो अभी तक पत्थर-सी चुप थी सहसा फूट पड़ी। उसे पहली बार लगा जैसे वह मायके से जा रही है। मायके से...अपनी माँ को छोड़कर...छोटे-छोटे भाई-बहनों को छोड़कर...और वह अपने कर्कश फटे हुए गले से विचित्र स्वर से रो पड़ी।

"ले अब चुप हो जा! तेरा भाई भी आ गया!" वे बोलीं! मुन्ना बस्ता लटकाये स्कूल से चला आ रहा था। कुबड़ी को अपनी माँ के कन्धे पर सर रखकर रोते देख वह बिलकुल हतप्रभ-सा खड़ा हो गया। "आ बेटा, गुलकी जा रही है न

आज! दीदी है न! बड़ी बहन है। चल पाँव छू ले! आ इधर!" माँ ने फिर कहा। मुन्ना... और कुबड़ी के पाँव छूए? क्यों? क्यों? पर माँ की बात! एक क्षण में उसके मन में जैसे एक पूरा पहिया घूम गया और वह गुलकी की ओर बढ़ा। गुलकी ने दौड़कर उसे चिपका लिया और फूट पड़ी—"हाय मेरे भैया! अब हम जा रहे हैं! अब किससे लड़ोगे मुन्ना भैया? अरे मेरे बीरन, अब किससे लड़ोगे?" मुन्ना को लगा जैसे उसकी छोटी-छोटी पसलियों में एक बहुत बड़ा-सा आँसू जमा हो गया जो अब छलकने ही वाला है। इतने में उस आदमी ने फिर आवाज़ दी और गुलकी कराहकर मुन्ना की माँ का सहारा लेकर इक्के पर बैठ गयी। इक्का खड़-खड़ कर चल पड़ा। मुन्ना की माँ मुड़ी कि बुआ ने व्यंग्य किया, "एक-आध गाना भी विदाई का गाये जाओ बहन! गुलकी बन्नो ससुराल जा रही है!" मुन्ना की माँ ने कुछ जवाब नहीं दिया, मुन्ना से बोलीं, "जल्दी घर आना बेटा, नाश्ता रखा है!"

पर पागल मिरवा ने, जो बम्बे पर पाँव लटकाये बैठा था, जाने क्या सोचा कि वह सचमुच गला फाड़कर गाने लगा, "बन्नो डाले दुपट्टे का पल्ला, मुहल्ले से चली गयी राम!" यह उस मुहल्ले में हर लड़की की बिदा पर गाया जाता था। बुआ ने घुड़का, तब भी वह चुप नहीं हुआ, उलटे मटकी बोली, "काहे न गावें, गुलकी ने पैसा दिया है!" और उसने भी सुर मिलाया, "बन्नो तली गयी लाम! बन्नो तली गयी लाम! बन्नो तली गयी लाम!"

मुन्ना चुपचाप खड़ा रहा। मटकी डरते-डरते आयी—"मुन्ना बाबू! कुबड़ी ने अधन्ना दिया है, ले लें?"

"ले ले" बड़ी मुश्किल से मुन्ना ने कहा और उसकी आँख में दो बड़े आँसू डबडबा आये। उन्हीं आँसुओं की झिलमिल में कोशिश करके मुन्ना ने जाते हुए इक्के की ओर देखा। गुलकी आँसू पोंछते हुए परदा उठाकर मुड़-मुड़कर देख रही थी। मोड़ पर एक धचके से इक्का मुड़ा और फिर अदृश्य हो गया।

सिर्फ़ झबरी सड़क तक इक्के के साथ गयी और फिर लौट आयी।

सावित्री नम्बर दो

हर बार पूछना चाहा है, मगर बार-बार चुप रह गयी हूँ।

आज जब माँ को सज-धजकर वट-सावित्री की पूजा के लिए थाल में सूत और रोली, चावल रखकर जाते देखा तभी से बेहद बेचैनी है कि आज तो यह सवाल तुमसे पूछकर रहूँगी सत्यवान। जाते-जाते माँ की निगाह मेरी इस गन्दी, छः साल से यहीं पड़ी रोग-शय्या पर पड़ी और वे ठिठक गयी। फिर पूजा की थाली नीचे रख दी। मेरे पास आयीं। मेरे रूखे मैल-भरे बालों पर हाथ फेरकर बोलीं, ''सबित्तरा बेटी!'' और आँसू पोंछते हुए चली गयीं। सबित्तरा मेरा घर का नाम है, प्यार का (जब मैं प्यार के क़ाबिल थी)—असली नाम है सावित्री। और नहीं तो सिर्फ़ नाम के नाते ही तुमसे पूछती हूँ सत्यवान कि तुम बताओ मैं आख़िर करूँ तो क्या करूँ? हर ओर भटक-भटककर रोगी, जर्जर, बरसों से क्षण-क्षण धीरे-धीरे मरती हुई यह सावित्री नाम की लड़की अब बहुत थक गयी है। रास्ता क्या है सत्यवान?

लेकिन मुझे बिना जाने तुम सवाल का जवाब दोगे कैसे? मैं तो ख़ैर, तुम्हें जानती हूँ। बचपन से तुम्हारी कथा सुनी है, आशीर्वाद पाये हैं—'मेरी सावित्री को सत्यवान-सा वर मिले।' मगर तुम मुझे कहाँ जानते होगे। तुम्हें किसने बताया होगा कि इस गली की पलस्तर उखड़ी खिड़की के पास पिछले छह-सात साल से असाध्य रोग में हड्डी-हड्डी गलाती हुई यह जो पीली मुर्दार लड़की पड़ी-पड़ी अकसर तुम्हारी कथा को गुनती रहती है, इसका भी नाम सावित्री है।

तुम भाग्यवान थे, भाग्यवान थी तुम्हारी सावित्री। मौत को सृष्टि में पहली बार तुम्हारे लिए सावित्री ने जीता लेकिन आज इस गली में पिछले छह साल से जिस मौत को मैं जी रही हूँ उसे क्या तुमने जाना था? तुम्हारे लिए तो सब-कुछ कितना आसान रहा, वन में अकस्मात् तुमने पाया कि लो! जीवन बीत गया, मृत्यु का क्षण आ गया। बिना किसी ढील और मर्मान्तक इन्तज़ार के मौत का दरवाज़ा खुल

गया, लेकिन इसके पहले कि तुम उस मरणोत्तर रहस्यों की दुनिया में क़दम रखो, तुम रोक दिये गये, क्योंकि तुम्हें मालूम हुआ कि एक क्षुद्र हाड़-मांस का जीव, तुम्हें प्यार करनेवाली सावित्री कोटि-कोटि देवताओं से विद्रोह कर बैठी है तुम्हें वापस बुलाने के लिए। और फिर तुम ज़िन्दगी में वापस लौट आये विजय से दीप्त, गौरव से भरे-पूरे! कहीं कोई जटिलता नहीं। आसान मौत, गौरव-भरी वापसी।

लेकिन मेरे मुहल्ले की इस गली में आकर हर कथा उलट-पुलट जाती है। तुम बताओ कि तुम क्या करते अगर शादी के दूसरे साल से सावित्री अन्दर से हाड़-मांस को कण-कण गलानेवाले रोग से ग्रस्त खाट से लग जाती। इस खिड़की के पास पड़ी-पड़ी बस यह जानती रहती कि जिनके गले की वह खिलती-महकती वरमाला थी अब बरसों से वह उनके गले पड़ा एक अनावश्यक बोझ है जिसे न अब वह ढो पाती है, न उतार पाती है। और वह चुपचाप देखती कि रोज़ एक-एक कण कर पति के मन में प्यार मरता जा रहा है। रह गया है केवल एक सौजन्य, एक भलमनसाहत कि आख़िर जिस औरत को अब जीना नहीं है उसका दिल क्यों दुखाया जाए। तुम्हें क्या मालूम कि घृणा मन को उतना नहीं तोड़ती जितना यह ठण्डा, कृतज्ञता और सौजन्य-भरा दिखावा जो हर क्षण मुझे यह अनुभूति दे जाता है कि असलियत में तो मैं मर ही चुकी हूँ। मेरे प्रति मेरे पति का यह आदर-भाव भी वैसा ही है जैसा मृत शरीर के प्रति होता है।

और फिर भी मैं नहीं हूँ। कितना तकलीफ़देह है यह बरसों की अवधि में फैली हुई मौत को जानते हुए, देखते हुए, समझते हुए जीना। मैंने कई बार रो-रोकर यम से प्रार्थना की है कि एक सावित्री के नाम से तुमने यमपाश खोल दिया था। दूसरी की विनती पर कसकर बाँध लो। ताकि कम-से-कम मैं उन्हें मुक्ति दे सकूँ। मुझे बाँध ले चलो। मैं अब निरर्थक हो चली हूँ।

नहीं, उनकी शिकायत नहीं कर रही! वे बहुत भले हैं। बहुत सज्जन। हर डॉक्टर बरसों पहले जवाब दे चुका मगर वे अब भी दूसरे-तीसरे दिन शाम को आते हैं। पास की कुरसी पर बैठकर कहते हैं, "हिम्मत मत हारो सावी! मैं कोई कोशिश बचा नहीं रखूँगा!" लेकिन मैं जानती हूँ। मौत के मुँह से गिर पड़नेवाले उच्छिष्ट जूठे कौर-सा जो कोने में पड़ा हो, ज़िन्दगी से वंचित और मौत से अस्वीकृत उसका कुछ नहीं हो सकता।

सब थक गये हैं। सब ऊब गये हैं। साल-भर वहाँ रही, फिर माँ-बाप ले आये। चारों तरफ़ मैं ही नहीं मेरे कारण सब पिछले पाँच साल में धीरे-धीरे गल गये हैं, और मैं अब भी खिड़की के पास तकिये से टिककर इसी मैली खाट पर

पड़ी हूँ।

मेरी खाट के दायीं ओर वाली यह खिड़की एक चौहद्दी है। इसके उस पार ज़िन्दगी है, इस पार हूँ मैं। बाहर एक बड़ा-सा पार्क है। उसके चारों ओर मकानों के पिछवाड़े हैं, खिड़कियाँ हैं, छज्जे हैं, ऊपर बड़ा-सा आसमान है। वहाँ ज़िन्दगी समुन्दर की तरह लहराती है और मेरी खिड़की से टकराकर लौट जाती है। मैं सब देखती हूँ पर मुझे कुछ भी व्यापता नहीं। पार्क में खेलते हुए बच्चे हैं, बेंचों पर ऊँघती आयाएँ हैं, लाल गुलमोहर, पीले अमलतास और छोटे-छोटे फूलोंवाली नीलकाँटे की झाड़ियाँ हैं। लाल मकान के पिछवाड़े की खिड़कियाँ एक सुन्दर लड़की के कारण सजीव हैं। वह कभी केश सुखाते हुए पढ़ती है। कभी रेडियो में बजते गानों की लय पर नाचती है, कभी कमरा बन्द कर माँ की साड़ियाँ और गहनों में सजकर आईनों गें अपने को देखती है। शाम ढलने लगती है और ऊपर उड़ते हुए कबूतर छज्जों पर उतर आते हैं। नाचती लटाइयों पर डोर लपेटकर लड़के पतंग उतार लेते हैं। आयाएँ ऊँघते बच्चों को घर ले जाने लगती हैं और खट से सड़क की बत्तियाँ जल जाती हैं।

यह सब भरी-पूरी ज़िन्दगी है। कितने बरसों से खिड़की में जड़ी इन छड़ों को पारदर्शी लोहे की दीवार से टकरा-टकराकर यह जीवन का समुद्र असफल अकारथ वापस लौट गया है। खिड़की के इधर पड़ी रही हूँ मैं। न मरी न ज़िन्दा। तुम्हारे लिए तो कोई तब लड़ा था जब कम-से-कम मौत ने तुम्हें पूरी तरह स्वीकार लिया था सत्यवान, पर मेरे लिए कोई लड़े तो किससे। मेरे लिए तो न ज़िन्दगी है न मौत। है एक तीसरे प्रकार की स्थिति, एक निरर्थक क्रम में बीतते जाते क्षण जो कहीं भी तो नहीं ले जाते।

नहीं, यह भी नहीं कि जड़ हो चुकी हूँ। अगर ऐसा होता तो काहे को कुछ मुझे व्यापता। पर अभी तो रह-रहकर बहुत-कुछ कचोट जाता है। बचपन की ख़ुशनुमा मीठी यादों से भरी पर अब दिनों-दिन टूट-टूटकर बिखरती माँ-बाप की गिरस्ती। पति का दूसरे-तीसरे दिन कभी फूलमाला, कभी कोई किताब लेकर थके पाँव सूखे मुँह आना, मुझे देखकर औपचारिक ढंग से निरर्थक हँसने की उदास कोशिश करना। लाड़ला बचपन बितानेवाली मुझ जैसी दीदी के छोटे भैया का चबूतरे पर खड़े होकर आइसक्रीमवालों, चाटवालों को भूखी, लाचार आँखों से एकटक देखना। बढ़ती हुई उम्र के साथ मेरी बीमारी में उजड़े हुए सीधे-सादे, प्रताड़ित, कुण्ठित पिता का दिनोंदिन दयनीय, हास्यास्पद और लालची होते चले जाना। यह माँ की ढलती उम्र के साथ आँखों में अतृप्त लिप्सा के कुत्सित संकेत और मेरी छोटी बहन के उभरते शरीर के प्रति उनकी प्रतिशोध-भरी अमानुषिक

निर्ममता। फलस्वरूप अपने बाप के सामने भी जाते हुए अपने शरीर के प्रति सचेत हो जानेवाली छोटी बहन की बीभत्स मुद्रा—यह सब मुझे अब भी कचोट जाता है। काश कि मैं जड़ ही हो जाती या यह सब दर्पण पर पड़ी परछाइयों की तरह अंकित होकर फिर मन से धुल जाता। लेकिन यह सब अन्दर व्यापकर बस जाता है। अनगिनत नासूरों-सा मुझे अन्दर से क्षण-क्षण खाये जाता है। जो न ज़िन्दगी में लौट सके, न पूरी तरह मौत जिसे बाँध सके, ज़िन्दगी से वंचित होकर भी जिसे निष्क्रिय पड़े-पड़े हर चीज़ देखने, उसकी तह तक उतरकर उसकी असलियत जान लेने की अभिशाप-भरी मजबूरी हो, उसका अन्त में क्या होता है सत्यवान्? यह इस सावित्री के ही साथ क्यों हुआ?

क्या इसीलिए सावित्री! कि तुम्हारी नावाँरासी होते हुए भी न मैं उतनी पवित्र हूँ न निष्ठामयी। पर मैंने उसका झूठा दावा कब किया! इसलिए न अभी-अभी जब वटसावित्री की पूजा के लिए जाते हुए माँ ने मुझसे पूजा की थाली छूने को कहा तो मैं सुनकर भी अनसुनी कर गयी। आँखें इस तरह मूँद लीं मानो मुझमें जान नहीं रही हो। लेकिन अगर तुम इस सील अँधेरे घर में, बिस्तर पर पड़ी होती सावित्री ! तब तुमसे पूछती कि पवित्रता क्या है, निष्ठा क्या है।

तुम्हें बताऊँगी कि मेरे मन पर क्या-क्या गुज़रा, तब तुम मुझे बताना कि निष्ठा और पवित्रता का मैं करती क्या? तुम तो स्त्री हो। बिना कुछ भी छिपाये तुमसे साफ़-साफ़ सब बता सकती हूँ। तुम तो जानती हो कि हम स्त्रियाँ चाहे सुन्दर हों या न हों लेकिन पति की आँखों का छलकता नशा, उसकी बाँहों का गर्म कसाव, कान में धीरे से कही गयी उसकी झूठी-सच्ची बातें हमें कितना भर देती हैं! हमारे शरीर अकस्मात् कितने बहुमूल्य; कितने गौरवमय हो उठते हैं! लगता है हमारे पास चाहे कुछ न हो पर एक चीज़ है उन्हें देने को, एक तृप्ति, एक उल्लास, एक भराव जो हम केवल हम अपने अर्पित शरीर से दे सकते हैं।

और सोचो कि अकस्मात् एक दिन सबसे बड़ा डॉक्टर कह दे कि वह शरीर अन्दर से गल चुका है, उनके काम का नहीं रहा। किसी काम का नहीं रहा। वह मुझसे छीन लिया गया। और फिर भी मौत अभी दूर है? तुम सोचो तब तुम क्या ऐसी ही अडिग बनी रहतीं? सौम्य? निष्ठामयी?

मैं सुन्दर नहीं थी पर उनका प्यार पाकर मुझे अपनी देहयष्टि पर गुमान था। मोर की तरह पंख फैलाकर ठुमकती थी सारे घर में। मुहल्ले की दूसरी बहुएँ मुझे कोसती रहती थीं, मैं सजी रहती थी और वे रीझे रहते थे। सोचती थी इसी तरह

सजी-सँवरी इनकी गोद में ही एक दिन आँखें मूँद लूँ। तुम तो मौत से लड़ी थीं सावित्री बहन! प्यार के लिए; मुझ अभागिन सबित्तरा को ब्याह के शुरू-शुरू के ही दिनों में लगता था मैं क्यों न मर जाऊँ, मैं कितनी मर-मर गयी हूँ।

लेकिन क्या मालूम था कि मौत वैसे नहीं ऐसे आती है। डॉक्टर इन्हें ले जाकर कुछ कहता है, ये मेरी सासूजी से कहते हैं और वे मेरी मोर-सी ठुमकती चाल से अन्दर-ही-अन्दर कुढ़ी, खीझी, विजय के स्वर में मुझसे न कहकर, मुझे सुनाकर अपने बेटे से कहती हैं, "मैं क्या जानती थी? तेरे करम फोड़ दिये मैंने ऐसी बहू लाकर। मरी कहीं तुझे रोग न दे जाए, हाय राम! जा, छोड़ आ इसके घर, वहाँ का पाप वहीं फले! तेरे लिए क्या लड़कियों की कमी है।"

वे कभी माँ से कुछ नहीं कहते। मेरे पास आकर चुपचाप खड़े हो गये। देह से सटकर बोले, "यह डॉक्टर किसी काम का नहीं। हम हकीम से सलाह लेंगे। कोई ख़ास बात नहीं।" मैं उस समय जड़वत् थी। मैंने सिर्फ़ यही कहा, "मैंने सब सुन लिया है। मुझे मालूम होता कि शरीर में ऐसा है तो मैं तुम्हारा जीवन नष्ट नहीं करती! मुझे माफ़ कर दो!" उनकी आँखों में आँसू भर आये। सबकी निगाह बचाकर उन्होंने धीरे-से मेरा हाथ दबा दिया।

कुछ दिन मन बिलकुल जड़ रहा। कोई कुछ कहे सब सुनती थी। न आँख में आँसू थे, न मुँह में ज़ुबान। मेरी हालत समझकर यह मेरे माँ-बाप के यहाँ ले आये। सिर्फ़ दूसरे मुहल्ले की बात थी। मुश्किल से दो मील की दूरी।

मुझे अच्छी तरह याद है मायके की वह पहली रात! पार्कवाली खिड़की के पास मेरी खाट डाली गयी थी। माँ बेचारी मारे उत्साह के मुहल्ले के माली से एक वैसा गुलदस्ता बनवाकर ले आयी थीं जैसा जन्माष्टमी पर भगवान की झाँकी में सजता है। पीतल के गिलास में गुलदस्ता सजाकर कोने में रख दिया था। मेरे दहेज की एक घड़ी मरम्मत होने के लिए आयी थी। वह भी दीवार पर लगा दी थी। उसका शीशा खोलकर मेरी छोटी बहन सित्तो (स्कूल का नाम सीता) ने एक गुलाब के फूल की ड्राइंग बनाकर लिखा था 'गुड नाइट'।

मैं बहुत व्याकुल थी। सारी लाज छोड़कर मैंने इनसे कहा था कि रात यहीं रह जाएँ। ये भी बावले-से थे। मुझे चारों ओर से घेर-घेर लेना चाहते थे। माँ मुस्कराकर चली गयीं। सित्तो ने फबती कसी। सब जैसे क्षण-भर को भूल गये थे कि मैं चबेने की तरह आधी मौत के मुँह में हूँ आधी गोद में!

पर भूल नहीं पायी थी तो मैं! क्षण-भर को मुझमें वही पहला-सा गुमान जागा। मैं कितनी भाग्यवान् हूँ! और फिर जैसे अपनी सारी कुरूपता, डरावनेपन, बीभत्सता के साथ मेरी असलियत मेरे सामने खड़ी हो गयी। वह शरीर जिसे देकर मैं अतुल

गौरवशालिनी थी वह तो गल चुका है! और मृत्यु की उस चेतना के समक्ष पहली बार मुझमें मेरा असली मैं जागा। नितान्त साधारण नितान्त औरत। तुमसे छिपाऊँगी नहीं बहन सावित्री। पहली बार, सबसे पहली बार, उनका भरा बदन, उनकी सौम्य मुद्रा, उनका न्योछावर हो-हो जाना, उनकी आँखों की प्यास मुझे जहरीले काँटे-सी गड़ गयी। झकझोरती हुई आशंका जागी कि मैं तो अन्दर से सड़-गल चुकी हूँ पर इनकी प्यास अभी ज्यों की त्यों है। पता नहीं कौन-सा सुन्दर शरीर मेरे इस गले हुए तन का स्थानापन्न बने। मुझे लगा कि अभी-अभी तो सित्तो ही इनके कन्धे से टिककर खड़ी थी। और ये जिन्हें मैं देवता की तरह पूजती थी, एक क्षण में मुझे जघन्य शत्रु जैसे लगने लगे। हाय, मुझे चार महीने जीना हो तो ये तो मुझे चार दिन नहीं जीने देंगे। और अनजाने में ही मैंने जैसे दाँत पीस लिये हों। मुट्ठियाँ कस ली हों। सच कहती हूँ, चाहे मुझे धिक्कार लो पर मैंने मुट्ठी कसकर मन में कहा, "मैं अकेले नहीं मरूँगी। तुम्हें ले के मरूँगी। तुम्हें चैन से जीने के लिए नहीं छोड़ जाऊँगी..."

मुझे बुदबुदाते देखकर यह पास आये। बाँहों में घेरकर बोले, "क्या है साबी!" पर मेरे मुँह से वह नहीं निकला जो मैं मन में सोच रही थी। मैंने इनके कन्धे पर सर रखकर कहा, "मैं मर जाऊँ तो तुम सित्तो की देखभाल करना। बेचारी तुम्हारी बहुत इज़्ज़त करती है।" उन्होंने सित्तो की बात सुनी भी नहीं। केवल मेरे ध्यान में थे। मेरा मुँह बन्द करते हुए बोले—मुझ पर झुककर, मेरे सूखे होठों पर उँगली फेरते हुए, "मैं तुम्हें जान देकर बचाऊँगा पगली। नहीं बचा सका तो ख़ुद भी जीवित नहीं रहूँगा।"

यह गली की बीमार जर्जर सबित्तरा तुमसे ज़्यादा भाग्यवान है। सावित्री बहन! इसके पति ने इसके प्राण बचाने के लिए अपने प्राणों तक की शपथ ले ली। लेकिन अभागी हूँ मैं कि उनकी आत्महत्या जैसी अमंगल बात सुनकर भी मुझे आघात नहीं लगा। मुझे असह्य ख़ुशी हुई। वे मेरे अभाव में मर जाएँगे! इसने इस मरणान्तक रोग में भी मुझमें एक नया आत्मविश्वास जगा दिया। कितना सन्तोष उस समय मेरे मन में था! पाँव के अँगूठे से लेकर पलकों की बरौनी तक में तन के कितने-कितने उबाल आ रहे थे कि इस क्षण में इन्हें अपने को बार-बार अर्पित कर चुक जाऊँ। पर ये उसी तरह सौम्य और शान्त थे। मेरी पीठ पर थपकियाँ देते हुए चुप बैठे रहे। मैं शान्त होकर इनकी गोद में बच्चों की तरह सो गयी। सोते वक़्त इनकी थपकियों का मृदुल स्पर्श, और दीवार पर टँगी शादी की घड़ी की टिक्-टिक् घुल-मिल गयी थी। घड़ी में बना सित्तो की ड्राइंग का फूल जैसे लहर पर तैर रहा था। पर जानती हो सोते समय सोच क्या रही थी? ये दीवार

के सहारे बैठे-बैठे मेरा सर गोद में रखे ऊँघ गये थे। मुझे गुमान था कि मेरी परिचर्या में ये कष्ट सह रहे हैं। मुझे जिस काया ने अमित सुख दिया है उसी को बार-बार कष्ट देकर उससे एक बहुत बड़ी आत्मीयता महसूस कर रही थी। निजत्व! अधिकार! वह मेरा है! मैं उसे जितना चाहूँ उतना कष्ट दे सकती हूँ।

नींद खुली तो चार बज रहे थे। पड़ोस में माया मौसी जाग गयी थीं। और जमुना नहाने के लिए डोलची सँवार रही थीं। पार्क के पीपल पर एक घोंसले में कुछ पंख फड़फड़ा रहे थे। घास ओस से भीगी थी, यह अँधेरे में उड़ती सोंधी गन्ध से मालूम हो रहा था। भोर नहीं फूटी थी पर चारों तरफ़ बड़ा पवित्र उजला, शान्त और प्रकाशमय-सा लग रहा था। धुँधलके के दस्ताने पहन एक बहुत मीठी ममतामयी नर्स की तरह भोर ने मुझे गोद में लेकर जैसे लतर और फूलोंवाली खिड़की के पास खड़ा कर दिया था। मुझे वह सारी सुबह बिलकुल याद है क्योंकि फिर मुझे वह शान्त, वह पवित्र उजलापन, वह ताज़गी, वह मन का फैला-फैला उदार हरियालापन वापस कभी नहीं मिला।

क्योंकि मेरी निगाह उधर से हटकर इन पर पड़ी। ये दीवार से टिके-टिके मरानद पर उठँगकर सो गये थे। और इन्हें देखकर दिलासा नहीं वरन् अजब भय और अकेलापन मेरे मन में जागा। ध्यान आया, आज मैंने जिस तरह इन्हें झुकाना चाहा, ये बेंत की टहनी से झुक गये। लेकिन क्यों? तो क्या इनका प्यार केवल मेरे शरीर का नहीं है? पर और तो मुझमें कुछ है नहीं। तब तो जिस दिन ये जान जाएँगे कि मैं उस शरीर के अलावा कुछ नहीं जो गल चुका है तो मैं कितनी छोटी लगूँगी इनके प्यार के आगे! और मैं इन्हें देखती गयी और उस धुँधलके में ये बड़े—और बड़े—और बड़े होते गये। मैं डर गयी, बहुत डर गयी। एक बार तो माँ को पुकारना चाहा जैसे बचपन में डरकर पुकारती थी। फिर ठिठक गयी और जैसे प्रत्याक्रमण की तैयारी कर ली। माना कि मैं छोटी हूँ, इतनी क्षुद्र कि आज मैंने इनकी मौत तक की कामना की! पर मैं हारूँगी नहीं। बता दूँगी कि आज तक इन्होंने जिसे प्यार किया वह मैं सबित्तरा नहीं, इनकी कल्पना की कोई साबी है। मैं उस साबी को धज्जी-धर्ज्जी चीरकर फेंक दूँगी और देखूँगी ये मेरे, सबित्तरा के प्यार के बाहर कहाँ जाते हैं। छल तो इन्होंने किया। झूठ के सहारे तो ये जिये। सबित्तरा को जाना क्यों नहीं?

ये सो रहे थे। कुछ देर पहले जागने पर मैं जितनी शान्त थी और भरी-भरी, इस समय उतनी ही उद्विग्न और कड़वी होती जा रही थी। बेहद कड़वी। इनका अपमान कर, इन्हें छोटा बनाकर अपने ब्यौंत-भर का बना लेने को कमर कसकर तैयार।

मुझे कभी नहीं मालूम था कि ज़रा-से सवाल पर गूँगी हो जानेवाली मुझको इतने तर्क आते हैं। हर तीसरे दिन दाल में नमक भूल जानेवाली मेरी याददाश्त इतनी तेज़ है, दो असम्बद्ध बातों को मिलाकर मैं इतनी पुष्ट कथाएँ बना सकती हूँ। मेरी कल्पना इतनी तीव्र है। सुबह ये जागे तो मैं चुप रही, अपने में खिंची हुई, जैसे तीर छोड़ने से पहले धनुष की डोरी खिंचती है। ये कपड़े पहनकर दफ़्तर जाने के पहले खाना खाने के लिए चले तो बोले, "अब माँ-बाप के बीच चैन से रहो, जल्दी-जल्दी अच्छी हो जाओ, फिर..."

और मैं उबल पड़ी, "तुम्हें माँ-बाप से क्या लेना-देना। तुम तो मुझे वहाँ से ले आये ताकि तुम्हारे माँ-बाप, भाई-बहन को रोग न लग जाए। मेरे माँ-बाप, भाई-बहन चाहे गलकर मर जाएँ।" उन पर जैसे पहाड़ टूटकर गिरा हो। पर मैं बेबस थी, आँखें जल रही थीं मेरी, नथुने फूल आये थे और मैं ज़ोर-ज़ोर से चीख़ रही थी।...माँ दौड़ आयीं, "सबित्तरा! सबित्तरा!" लेकिन सबित्तरा उस समय ज्वालामुखी की तरह फट गयी थी। ये चुप कुरसी थामे खड़े थे और मैं बकती जा रही थी—"मेरे माँ-बाप क़साई थे जो तुम्हारे यहाँ भेजा। क्या है तुम्हारे घर में? सब रोगहे हैं। सब कुत्सित हैं। तुम लोगों को बड़ा पढ़े-लिखे होने का घमण्ड है! ज़बान मत खुलवाओ। बहन छैल-छबीली बनकर मास्टरों के यहाँ घूमती फिरती है। तो फ़र्स्ट पोज़ीशन लाती है।" "चुप रह सबित्तरा!" पिता ने डाँटा, पर सबित्तरा पर भूत सवार था, "क्या तुम अपने को बड़ा बनते हो। मेरे लिए एक सोने का छल्ला तक नहीं बना और दोस्तों की बीवियों की ख़ातिरें होती रहीं। मैं तुम्हारे कारण घुली हूँ! तुमने मुझे गलाया है। भगवान तुम्हें गलाएगा। यह मत सोचो कि मेरे पीछे चैन की बंसी बजेगी। तुमने जान-बूझकर मुझे मारा है। सीधे-सीधे ज़हर देने की हिम्मत नहीं थी कि पुलिस की गिरफ़्त में आ जाते! कायर कहीं के..."

पिताजी इन्हें कमरे से बाहर ले गये थे। सित्तो पत्थर-सी खड़ी थी। माँ रो रही थीं। सिसकते बोलीं, "हाय, पाप मेरा था। मुझे क्या मालूम था मेरी बिटिया ऐसे नरक में पड़ी है! तूने पहले क्यों नहीं बताया?"

हाय माँ, तुमने उस समय मेरी तमाम बातों को सच क्यों माना। उस समय सबने सच क्यों माना। किसी ने यह क्यों नहीं समझा कि मैं इन्हें ज़लील नहीं कर रही हूँ, सिर्फ़ इस अहसास से भागने की कोशिश कर रही हूँ कि मैं इनके प्यार को जितना समझती थी वह उससे पृथक् कुछ और है। मेरे ब्यौंत से बड़ा है, मेरी परिधि से बड़ा है। पर मेरे पास उसे भर देने को कुछ नहीं। केवल शरीर था वह भी अब नहीं रहा। मुझे कुछ ही दिनों में मर जाना है और उतने दिनों मैं छोटी बनकर नहीं जीना चाहती। बड़ी बन सकूँ, न इसकी सामर्थ्य थी, न

परिस्थिति, न दृष्टि, न संस्कार। एक ही तरीक़ा था कि इन्हें छोटा करूँ, इन्हें हर तरफ़ से तोड़कर अपनी परिधि-भर का बनाऊँ। कैसे कहूँ कि यह मेरा प्यार नहीं था, पर अब सोचती हूँ कि सच क्या यह प्यार ही था? कुछ नहीं जानती! सिर्फ़ इतना याद है कि दफ़्तर जाते समय ये मेरे पास आये और मेरे रूखे बालों, आँसुओं और क्रोध से विकृत चेहरे पर हाथ फेरकर जाने लगे। मैंने हाथ झटक दिया और ये आँखों में आँसू भरे चले गये। लेकिन यह भी याद है कि इनके जाने के बाद फूट-फूटकर रोयी थी। बेहद रोयी थी और जब रो-रोकर थक गयी तब उठकर मुँह धोया था और सामने दीवार पर टँगी घड़ी की मिनट की सुई अपलक देखती रही, ये कब दफ़्तर से लौटें, कब लौटें।

या तो मेरा मन रोग से कमज़ोर पड़ गया था, या मैं बार-बार सही अहसासों से भागने की कोशिश कर रही थी, या मैं यह भूल जाना चाहती थी कि सुबह मैंने इतना भयानक नाटक किया है। बहरहाल जो हो, इनके आने का समय हुआ तो मैंने सित्तो को बुलाया कि मेरी चोटी कर दे और फूल लगा दे। सित्तो चोटी करती रही तो मैं सित्तो को बताती रही कि ये मुझे कितना प्यार करते हैं, इनका घर हमारे मायके से कितना अच्छा है। ननदजी कितने प्यारे स्वभाव की हैं और मेरा पक्ष लेकर सासूजी से लड़ जाती हैं। सित्तो पगली बच्ची मेरी बातों से इतनी उत्साहित हुई कि उसने मुझे बताया कि उसकी पेटी में जमुनाजी के मेले से आयी नयी जापानी नाख़ून की पॉलिश रखी है जो उसने माँ से छिपाकर माया मौसी से मँगायी है। वह पॉलिश निकाल लायी और मेरे हाथ-पाँव के नाख़ून रँग डाले। एक क्षण को मैं भूल गयी कि सुबह क्या भयानक काण्ड हुआ है। मैं उसे भूलना चाहती थी—तेल चुपड़कर, फूल लगाकर, नाख़ून रँगकर। सब भूल गयी थी। सिर्फ़ इतना याद था कि ये आएँगे दफ़्तर से। फिर किसी बहाने सित्तो और छोटे भइया को बाहर भेज देंगे। और मुझे मुग्ध अपलक देखते हुए विभोर मुझमें डूब जाएँगे। पुकारेंगे...नहीं, लाज आती है बताते। मेरा वह नाम ये सिर्फ़ कभी-कभी लेते हैं।

लेकिन फिर वह नाम इनके मुँह से नहीं निकला। ये शाम को आये तो मुझे देखकर धक्-से रह गये। इधर-उधर देखा मानो ढूँढ़ रहे हों कि आँख में आँसू भरकर जिसके रूखे बाल, क्रोध से कुरूप चेहरे पर हाथ फेरकर गये थे वह लड़की कहाँ है। मेरे शृंगार की ओर बड़े अपरिचय की निगाह से देखा और आँख नीची कर ली। मुझे जैसे बिजली छू गयी। आग लपकाती जीभ! अच्छा, इन्होंने मुझे देखा तक नहीं! क्या सोचती होगी सित्तो जिसे मैंने इनके प्यार की इतनी बातें

सुनायीं! मैंने तो अपने परिवार के आगे इनकी इज़्ज़त उठानी चाही, और ये...ठीक है, मैं वही करूँगी जो ये चाहते हैं।

और मैंने वही किया। फिर सुबह वाला काण्ड शुरू हुआ। और रात के दो बजे तक चलता रहा। न मैं सोयी न किसी को सोने दिया। दो बज गये तो ये उठे, बोले, "मैं घर जाऊँगा। बहन को फ़ोन किया था, वह खाना लिये जागती होगी।"

और मैंने अपने अनजाने बेबस अपना सबसे विषैला तीर छोड़ा, "हाँ, खाना लिये सेज बिछाये वही तो रोज़ बैठती थी तुम्हारे लिए। मैं तो दुश्मन रही हूँ।"

ये पहली बार कड़ककर बोले, "सावित्री!"

मैं चुप हो गयी। डाँट खाकर नहीं। यह जानकर कि इन्हें चोट पहुँचाने में सफल हुई। सित्तो के सामने इन्होंने मेरे शृंगार का अपमान किया था। यही जानकर न कि यह शृंगार-रचा तन अन्दर से तो गल गया है। पर क्या हुआ। अब भी मैं इन्हें चोट पहुँचा सकती हूँ। इन्हें क्षत-विक्षत कर सकती हूँ। ये मेरे हैं।

और ये रात के दो बजे अपने घर गये। सिर झुकाये, मानो चौबीस घण्टे में ये बूढ़े हो चले हों। मैं खिड़की में से दूर तक इन्हें जाते हुए देखती रही। फिर सो गयी। बेहद थक गयी थी...पर सन्तुष्ट थी। क्यों? लेकिन सन्तुष्ट क्यों थी? अपनी चोटी नें लगे फूलों की महक अच्छी लग रही थी। मोगरा था न, रात होते और महक रहा था। सित्तो कब दूध लेकर आयी और रखकर चली गयी मुझे पता नहीं लगा। धुत्त सो रही थी।

सोकर उठी तो धूप चढ़ गयी थी। पार्क में बच्चे झूला झूल रहे थे और स्वच्छ नीले आसमान में एक लाल पतंग थिरक रही थी। मैंने बचपन में पतंगें उड़ायीं तो नहीं पर पतंग लूटने के हुड़दंगे में ज़रूर शामिल रही हूँ। कभी-कभी कटी पतंगें मेरे आँगन में गिरकर अनार के पेड़ में अटक जाती थीं।

मेरे घर का आँगन बड़ा है। इसके बीचों-बीच एक थाला है जिसमें अनार और हरसिंगार के पेड़ हैं, कठचमेली के दो-चार पौधे हैं, एक पोई की लतर है। सोकर उठी तो सब-कुछ दिमाग़ से उतर गया। जानें क्यों अपना बचपन बार-बार याद आता रहा। बचपन में इस पोई की लतर से उलझी रहती थी। कभी इसके पत्तों की पकौड़ियाँ माँ से बनवाती थी, कभी इसके पके फलों को दबाकर उनमें से लाल रस निकालकर अपने छोटे-छोटे धूल सने पाँवों में महावर लगाती थी। लेकिन इस

थाले के सबसे विचित्र प्राणी थे काले गुबरैले। वे कभी-कभी निकलते थे। ज़मीन के अन्दर से पहले उनके पिछले पैर कुलबुलाते हुए निकलते थे। मैं देखते ही डर के मारे दूर खड़ी हो जाती थी। पहले एक गुबरैला उल्टा, पीठ की ओर से निकलता था। फिर मिट्टी का एक गोल छोटा-सा पिण्डा ढकेलते हुए दूसरा गुबरैला निकलता था। फिर दोनों काले गुबरैले मिलकर उस मिट्टी के गोले को लुढ़काते हुए न जाने किधर ले जाते थे। जिस दिन यह देखती थी उस दिन बहुत डर लगता था। सपने में दोनों गुबरैले आदमक़द हो जाते थे, उनकी सूँडें और पाँव और भी बड़े हो जाते थे और वे मुझे गली में लुढ़काने लगते थे।

माया मौसी बचपन से हम लोगों की एनसाइक्लोपीडिया थीं। उनसे पूछने पर मालूम हुआ कि यमलोक का एक दरवाज़ा पाताल में है। जो लोग ग़लती से मरकर पहुँच जाते हैं उन्हें फिर लौटा दिया जाता है। अगर वे नहीं लौटते और ज़िद मचाते हैं तो दो यमदूत गुबरैले बनकर उन्हें लुढ़काते हुए ले आते हैं और ठीक जगह पहुँचाकर असली रूप धारण कर उड़ जाते हैं।

मेरा दिमाग़ ज़रूर बहुत कमज़ोर हो गया होगा क्योंकि जो भी दिमाग़ में आ जाए बस वही उस समय पूरे मन पर छा जाता था। जो मनःस्थिति थोड़ी देर पहले थी उससे न उसकी कड़ी जुड़ती थी और न आगे इसका नतीजा क्या होगा यह दिमाग़ में आ पाता था। बस उस समय बचपन सवार था। और कुछ नहीं। तब तक थोड़ी-बहुत चलने-फिरने की ताक़त थी। धीरे-धीरे उठकर गयी और आँगन में अनार के थाले के पास जाकर बैठ गयी। लग रहा था जैसे बाक़ी सब केवल एक स्वप्न है, बस मैं तो इसी आँगन में बचपन में खेलते-खेलते सो गयी थी। आज बहुत दिन बाद नींद टूटी है। आँखें खोलीं तो फिर उसी आँगन में!

लेकिन आसपास का आलम बदला हुआ था। न माँ वे थीं, न पिता वैसे थे। बासी रसोई सूनी पड़ी थी। पिता दफ़्तर चले गये थे। माँ अपनी कोठरी में घुसी बैठी थीं। मालूम हुआ रात किसी ने खाना नहीं खाया। वही बासी रोटियाँ खाकर पिता चले गये। बासी रोटी में ही घी-नमक लगाकर छोटे भैया ने खा लिया था। घर बिलकुल मसान की तरह सूना और भयावना लग रहा था। यह मेरा बचपन का घर तो नहीं!

मेरे कमज़ोर दिमाग़ पर फिर चोट पड़ी और मैं तिलमिला उठी। मैं जो करना चाहती हूँ वही नहीं हो पाता। अब सब भूलकर बचपन में लौटना चाहती हूँ तो घर का कोना-कोना मुझे धक्का देकर वर्तमान में लाकर खड़ा कर देता है। मैंने खीजकर पुकारा, "माँ ! सित्तो...! कहाँ मर गये सब!" सित्तो आँखें पोंछती हुई माँ की कोठरी से निकली। उसने बताया, रात-भर सब जागे हैं, माँ अभी तक रो

रही हैं। सुबह सरला आयी थी तेरी ननद। कुछ फल और तेरी दवाइयाँ लेकर। माँ ने कुछ सख़्त-सुस्त बातें कह दीं तो यहीं सब फेंक-फाँककर चली गयी। मैंने देखा सचमुच थाले में बम्बे के नीचे, देहरी पर फल और डब्बे बिखरे पड़े थे।

लेकिन यह माँ को क्या हो गया! उन्हें सरला का अपमान करने की क्या पड़ी थी! आख़िर क्या चाहती हैं माँ! मुझे ससुराल में चैन से क्यों नहीं रहने देतीं! मैंने चाहे जो कहा हो इनसे पर माँ उसे सच क्यों मानती हैं। माँ शुरू से मुझसे जलती हैं। पिता मुझे अधिक चाहते थे न! कभी माँ की नहीं चलने देते थे। मुझे अच्छी तरह मालूम है। इसका बदला माँ ने पिताजी से लिया। पिता लोअर ग्रेड क्लर्क थे, अपर ग्रेड आते-आते तीन बच्चे हो गये थे। माँ हमेशा ताना देती थीं कि इस घर में आकर उनकी ज़िन्दगी बरबाद हो गयी। न कभी पेट-भर खाया, न मन भरकर पहना। पहले पिता बड़े ख़ुशमिज़ाज और मिलनसार थे। रोज़ शाम को दोस्त इकट्ठे रहते थे। और वे सब पिता को 'डीयर बाबू' कहते थे। सिर्फ़ इसलिए नहीं कि वे डीयर थे। बल्कि हमारे मुहल्ले में हमारी माँ पहली बहू थीं जिन्होंने किंगरीडर पढ़ी थी। हमारा घर कुछ-कुछ नये फ़ैशन का था और कुछ बहुत जिगरी दोस्तों के सामने पिता माँ को डियर कहकर पुकार देते थे। लेकिन जब आठ-दस बरस में कड़वाहट बढ़ती गयी और माँ अकसर दोस्तों के सामने उनका अपमान कर देतीं तो पिता काफ़ी अकेले, बूढ़े, गुमसुम और कुचले-कुचले-से हो गये। मैं पिता की प्यारी थी अतः माँ का एक ख़ास हथियार था कि वे जब किसी तरह पिता को नहीं पराजित कर पाती थीं तो मुझे बेरहमी से पीटती थीं। पहले पिता बीच-बचाव करते थे लेकिन बाद में वे केवल इतना करते थे कि कोट उठाकर बाहर चल देते थे।

मैं जानती हूँ माँ सदा से मेरी दुश्मन थीं। उनको लगता था कि जब तक बच्चे न थे तब तक सास ने उन्हें ओढ़ने-पहनने नहीं दिया। जब सास टलीं तो बच्चों के पालने में उम्र बीत गयी। अब माँ सोचती होंगी कि लो सित्तो के हाथ पीले कर कुछ चैन मिलता तो सबित्तरा आकर छाती पर जमकर बैठ गयी। पर माँ, मेरी दुश्मन, तुमने मेरी ननद से झगड़ा क्यों किया? तुम मुझे इस लायक़ भी नहीं रहने दोगी कि मैं लौटकर वहाँ चैन से रह सकूँ? चार दिन के लिए आयी हूँ वह भी तुमसे नहीं सहा जाता? मुझे यों ही मार डालो! कलथा-कलथाकर क्यों मारती हो?

सित्तो सहमी खड़ी थी। और मैं आँगन में खड़ी माँ के प्रति बाही-तबाही बक रही थी। माँ कोठरी से निकल आयीं और मेरे बकने की ओर ध्यान दिये बिना

चौके के बरतन समेटने लगीं। मुझे और भी आग लग गयी। दोगुने ज़ोर से चीख़ी, ''अपना घर नरक बनाकर रखा, चाहती हो मेरा भी घर नरक बन जाए! तुम्हें क्या करना है! लौटकर मुझे तो उसी घर में जाना है।''

माँ तनकर खड़ी हो गयीं। उनके मुँह पर अपमान की विद्रूप मुद्रा थी। हाथ जोड़कर बोलीं, ''अब सत्यनारायण की कथा बन्द करो भवानी! ऐसी सती-सावित्री होतीं तो बिना बात के उसकी भद्रा न उतारतीं। अब किस घर में वापस जाना है तुम्हें। डॉक्टर कह चुका है अब सिरिफ मर के जम के घर जाओगी। मुझे भी मार के अपने साथ ले चलना और कोई पूछने नहीं आएगा। मालूम हुआ है कि तेरी सास ने तो दूसरी लड़कियों के फ़ोटू मँगाये हैं। वही बेचारा अड़ गया है कि...''

मेरे माथे पर जैसे घन की चोट पड़ी हो। लड़खड़ायी और धम-से नीचे बैठ गयी। सित्तो ने दौड़कर थामा। लेकिन माँ आगे बढ़कर फिर ठिठक गयीं। सित्तो से बोलीं, ''सती साबित्तरी से कह दो कि जाकर अपनी खाट पर लेटें। वही आएँगे तो उन्हें सब नौटंकी दिखाएँ। मेरी लोथ में अब ताकत नहीं रही। सोचती थी कम-से-कम अब दिन चैन से कटेंगे लेकिन...''

मुझे सहारा देकर सित्तो ले आयी। अनार और पोईवाले बचपन से वापस फिर जहाँ-की-तहाँ। इस मायके को लेकर मैंने कल उन्हें क्या-क्या नहीं कहा! मेरा सिर फटा जा रहा था। तबीयत होती थी कि मैं दीवार पर सिर पटक दूँ। आँख मूँदकर तकिये में टिक गयी। मुझे लगा कि अनार की जड़ में से दो बड़े गुबरैले निकले। काले डरावने। एक मेरे ससुराल का, एक मायके का। बीच में मेरा गुड़ी-मुड़ी टूटा गला शरीर है। वे उसे लुढ़का रहे हैं, कभी आगे, कभी पीछे। राम! इसका अन्त कहाँ है? मैं कहाँ जा रही हूँ? माया मौसी सच कहती थीं, ज़रूर नरक का कोई दरवाज़ा पाताल में है जिसकी सुरंग मेरे आँगन में खुल गयी है।

मेरा दिमाग़ भी अजीब है। कुछ छोटी-छोटी चीज़ें बहुत बारीक़ी से याद रह जाती हैं और कुछ चीजें बिलकुल ध्यान से उतर जाती हैं। बीमार होकर मायके आने के ये पहले दो दिन तो ख़ूब याद हैं पर अगले डेढ़-दो साल सिर्फ़ एक धुँधली छाप बनकर रह गये हैं। सिर्फ़ इतना याद है कि घर-भर में इस भयानक भूकम्प के बाद फिर सब चीजें धीरे-धीरे अपनी जगह बैठने लगीं। माँ की ख़ीज और बड़बड़ाहट, पिता का कोट उठाकर बाहर चल देना, और मेरा धीरे-धीरे अपनी बीमारी में मशगूल होते जाना। आज उन दिनों को सोचती हूँ तो लगता है कि

लम्बी बीमारी ख़ुद अपने में एक स्वतन्त्र अर्थ रखने लगती है। उठते ही सुबह की परिचर्या का सहारा लेकर मुँह-हाथ धोना, बिस्तर बदलना, फल बिस्कुट और दवाइयाँ खाना, फिर हल्की-सी नींद, फिर बदन अँगोछना, फिर खाना, बातें करना, बाल सुखाना, चोटी गूँथना और शाम होने का इन्तज़ार करना। दवाइयों की गोलियों के रंग, फलों की मिठास के विविध स्वाद, थकान के गहरे और हलके शेड और परिचर्या से सँवरता हुआ अपना तन...उन दिनों की याद में सिर्फ़ एक चेहरा याद आता है। एक किशोर सुन्दर चेहरा राजाराम का। थकान के हलके गहरे शेड परिचर्या का सुख और राजाराम का चेहरा सब घुल-मिलकर आते हैं।

राजाराम पिताजी के दफ़्तर के चपरासी का लड़का था। लेकिन उसने इण्टरमीडिएट पास किया था और पिताजी ने अपने विभाग में उसे टेम्परेरी जगह पर रख लिया था। रहता बड़े ठाठ से था। हलके रंग की पॉपलीन के कुरते और चौड़े साफ़ पाजामे। साफ़-सुथरे चेहरे पर तरकीब से कटे बाल। मैं उसे बचपन से जानती थी। मुझसे कई साल छोटा था लेकिन ख़ूब भरापूरा चौड़ा बदन और हर वक़्त हँसता हुआ चेहरा। वह सुबह-सुबह सब्ज़ीमण्डी से ताज़े मौसमी फल लाकर मेरी खाट के पास रखता था। फिर वहीं बैठ जाता था और बिस्तर ठीक करने में, दवा पिलाने में उठने-बैठने में मुझे मदद देता था। पिताजी उसके सहारे निश्चिन्त थे। पहले तो सित्तो कमरे में रहती थी। बाद में सित्तो को माँ रसोई के काम में लगाने लगी।

उसकी बातें मुझे ताज़ी और अच्छी लगती थीं। पहले वह ख़रीदकर लाये हुए फलों के बारे में मज़ेदार बातें बताता था। ककड़ी गंगा-किनारे की अच्छी होती है कि जमुना-किनारे की। ऊँट तरबूज़ कैसे खाते हैं? फालसे का झाड़ होता है कि लतर? सुनते हैं कि माया मौसी ने माँ से शिकायत की थी, "राजारमवा से तो ऐसे घुल-मिलकर बातें होती हैं और अपना आदमी शाम को आता है तो मुँह लटकाकर बैठ जाती है।" माया मौसी ने ठीक कहा था। लेकिन मैं क्या करूँ! सब तरफ़ से मन की डोर कट गयी थी। अब न शरीर गलने का दुःख था, न मौत का तात्कालिक ग़म। न पति के प्रति आक्रोश, न मायके का शोक। अपनी बीमारी का ही एक वातावरण था, शिथिल अलसाया हुआ, दवा और फल, सहानुभूति और आश्वासन से बसा हुआ। राजाराम उस वातावरण का अंग था लेकिन ये उस वातावरण की परिधि के बाहर थे। बाहरी आदमियों की तरह दूसरे-तीसरे। कभी फूलमाला, कभी किताबें लेकर आते थे। अच्छे होने का आसरा देते थे। चले जाते थे। अच्छे होने की बात अब मेरे लिए कोई अर्थ नहीं रखती थी। इस बीमारी में ही क्या बुरी हूँ! राजाराम तो साँझ-सवेरे आ ही जाता है। मुझे

माया मौसी से कोई दुश्मनी नहीं। राजाराम को लेकर जितनी बातें उन्होंने मुहल्ले-भर में बखानीं वे सब सही हैं, यह भी मैं मानती हूँ पर मुझे बुरा यह लगता है कि उन्होंने इस ढंग से क्यों कहीं? उन्हें क्या मालूम कि बेचारा राजाराम मेरा दुखता हुआ सिर गोद में रखकर घण्टों दबाता रहता है। मैं सो जाती हूँ तो पत्थर की तरह ज्यों-का-त्यों बैठा रहता है। लेकिन माया मौसी यह भी सच कहती हैं कि मैं अकसर सोती नहीं, आँखें मूँदें पड़ी रहती हूँ। पर मुझे बुरा लगता है कि वो यह क्यों कहती हैं कि मैं मक्कर साधे पड़ी रहती हूँ। बस कहने का यह ढंग मुझे खल जाता है। मक्कर नहीं साधती। सच बात यह है कि मुझे बड़ा आराम मिलता है, बड़ा सन्तोष मिलता है। मैं आँखें मूँदे पड़ी रहती हूँ और राजाराम सिर छोड़कर कभी हथेलियाँ, कभी कन्धे, कभी बाँहें दबाता रहता है।

माया मौसी को भी मुझसे शिकायत नहीं थी। उनका कहना था कि मैं तो शुरू से ऐसी ही रही हूँ लेकिन उन्हें अचरज था कि मैं आँखें मूँद लूँ तो मूँद लूँ मगर घरवालों ने आँखें क्यों मूँद ली हैं। इस पर मुझे भी ताज्जुब था। पहले घरवाला कोई आता था तो मैं खुद सिर हटा लेती थी या राजाराम कुर्सी अलग हटा लेता था लेकिन घरवालों ने देखकर अनदेखा किया तो मैं भी लापरवाह हो गयी। सब-कुछ जैसे तयशुदा था। राजाराम आएगा ही, मेरा काम करेगा ही, यहाँ तक कि किसी बात पर मेरा मिज़ाज बिगड़ भी जाए तो सारा घर जानता था कि चुप रहो राजाराम के आते ही इसका मिज़ाज ठीक हो जाएगा। लम्बी बीमारी में वक़्त गुज़रने का हिसाब भी अजब होता है। कुछ चीज़ों को लेकर वक़्त जहाँ-का-तहाँ थम जाता है। जो घटना हुई बस वही होती रहती है, होती रहती है। मसलन उस दिन रात को दो बजे झगड़ों के बाद ये जो सिर झुकाये बूढ़े होते हुए अँधेरे में चले गये तो उस दिन से आज तक मुतवातिर उसी तरह सिर झुकाये ये बाहर दूर चलते जा रहे हैं, चलते जा रहे हैं, और मैं खिड़की में से देख रही हूँ। उस घटना का घटित होना अपनी जगह मुकम्मिल हो गया है। कुछ चीज़ें ऐसी हैं जो मशीन की तरह अपने वक़्त से होती चली जा रही हैं, रोज़ अपने को दोहराते हुए। शाम होना, पार्क में बच्चों का इकट्ठा होना, पतंगें उड़ना, सामने की खिड़की में उस लड़की का जवान और चंचल होते चले जाना। सब अपनी जगह चक्के की तरह घूम रहा है। कुछ आगे नहीं बढ़ता।

आगे बढ़ता गया तो सिर्फ़ राजाराम! वक़्त का सारा ठहराव, बीमारी का दिनों-दिन गाढ़ा होते जानेवाला अवसाद, माया मौसी का सारा चवाव एक ओर और राजाराम एक ओर। कब, कैसे, क्यों मेरा तन-मन सब-कुछ इस तरह उसके वश में होता गया यह मुझे खुद नहीं मालूम! मैंने बताया न कि अगले डेढ़-दो साल

की छोटी-छोटी रोज़ाना की घटनाएँ सब भूल गयी हैं, याद है केवल राजाराम का वह उत्तम चेहरा और कभी नीचे झुकी हुई और कभी मुझे चीर-फाड़कर रख देनेवाली दृष्टि! आज भी उसे याद करती हूँ तो ग्लानि नहीं होती, दुःख भी नहीं होता, सिर्फ़ एक ताज़गी महसूस होती है। उसकी लायी हुई खेत की मुलायम ककड़ियाँ तोड़ती थी तो एक ताज़ी हरियाली महक-महक उठती थी। कुछ-कुछ वैसा ही लगता है।

इस महक से याद आया, उस दिन उसे जाते-जाते काफ़ी रात हो गयी थी। पार्क में हरी घास ओस से भीगकर वैसे ही महक फेंकने लगी थी। माँ थककर सो गयी थीं अपने कमरे में। सित्तो पढ़ते-पढ़ते मेज़ से टिककर ऊँघ गयी थी ताकि राजाराम के जाने पर दरवाज़ा बन्द कर सके। उस दिन राजाराम तो बार-बार जाने के लिए उठा, सिर्फ़ मैं किसी-न-किसी बहाने उसे रोकती रही। बहुत अँधेरी रात थी। बादल घिरने से उमस हो आयी थी। पार्क की बिजली का बल्ब दिन में किसी ने ढेला मारकर तोड़ दिया था। चारों तरफ़ सन्नाटा था और मुझे डर लग रहा था।

उस दिन के डर की बात अकसर सोचती हूँ। यह मौत का डर नहीं था। वह किसी संकट का डर भी नहीं था। तो क्या कोई ऐसा डर भी स्त्रियों में होता है जो दूसरे को, अपने संरक्षक को अपनी तरफ़ खींचने, पूरी तरह खींचने का साधन-भर होता है? उस दिन के बाद से फिर मुझे वैसा डर कभी क्यों नहीं लगा?

लेकिन उस दिन के बाद से फिर जाने क्यों वह आवेश भी नहीं रहा। एक अजीब घटना दूसरे दिन घटी। रात को पिक्चर छूटी तो मुहल्ले के कई छोकरे घर लौटते हुए मेरी खिड़की के पास से गुज़रे। उन्होंने मेरी खिड़की की ओर देखकर आवाज़ कसी, "हरे राम हरे राम; राजाराम राजाराम!" मेरा ख़ून उबल गया! मैं ज़ोर से चीख़ी, "कौन है रामजी का भगत ज़रा सामने आ तो बताऊँ।" पर मेरे मुँह से आवाज़ नहीं निकली, मेरी मुट्ठियाँ भिंच गयीं, दाँत-पर-दाँत जम गये और मैं एक ओर गिर पड़ी। मेरे धक्के से स्टूल उलट गया, सुराही गिर गयी और सित्तो भागी-भागी आयी। फिर माँ, फिर पिताजी, फिर माया मौसी, फिर अड़ोस-पड़ोस।

उसके बाद कुछ दिन मैं वैसी हो गयी जिसे ये लोग दिमाग़ ख़राब होना कहते हैं। पर मैं जानती हूँ कि मेरा दिमाग़ ज़रा भी ख़राब नहीं था। मैं बकती ज़रूर थी लेकिन जो बात मुझे ज़बान पर नहीं लानी चाहिए वह कभी नहीं लाती थी। राजाराम का नाम भूलकर नहीं लाती थी। हाँ, ज़रा-ज़रा-सी बात पर मुझे इतना क्रोध आ जाता था कि मैं माँ के बाल नोचने लगती थी, सित्तो के कपड़े फाड़ डालती थी। मुझे सब लाख समझाते थे पर मैं ख़ुद नहीं जानती थी कि क्रोध किस बात पर आता है और आता है तो फिर रुकता क्यों नहीं।

इतना याद है कि वैसे इनका आना-जाना कम हो गया था, लेकिन मेरी यह हालत देखकर इन्होंने छुट्टी ले ली थी और बराबर घर में रहते थे। लेकिन मेरे कमरे में नहीं, क्योंकि इन्हें देखते ही मेरा क्रोध क़ाबू के बाहर हो जाता था। सित्तो का कमरा इनके लिए ख़ाली करा दिया गया था। राजाराम का आना सहसा क्यों बन्द हो गया मैं नहीं जानती। कुछ लोग कहते हैं कि माँ ने उससे मना कर दिया, कुछ लोग कहते हैं कि मुहल्ले के कुछ लड़कों ने उसे धमकाया और उसे सड़क पर एक तमाचा भी मार दिया, ''साला चपरासी का लड़का अपनी औक़ात भूल गया!''

मुझे इतना याद है कि कभी चबूतरे पर, कभी सित्तो के कमरे में, कभी आँगन में मेरे तीमारदारों की बैठक होती थी तो ये सबसे आगे बढ़कर राजाराम का पक्ष लेते थे। कहते, ''मैं जानता हूँ वह बेचारा बहुत अच्छा लड़का है।'' मुझे बचाते थे, ''मैं साबी को जानता हूँ। तुम लोग उसे क्या जानोगे! शादी के बाद ही मेरा दोस्त आया था, कैप्टन मुरारी। फ़ौज की आदतें। शाम को घूमने जाते हुए इसके कन्धे पर हाथ रख दिया। साबी ने तड़पकर जो तमाचा दिया...''

मुझे वह घटना याद है। उन दिनों शादी हुई थी। चलते समय सबने समझाया था। तन-मन-वचन से पति की रहना, केवल पति की। नयी बनारसी साड़ियाँ, जड़ाऊ गहने थे, माँग में सिन्दूर भरती थी, ननदजी चुटकियाँ लेती थीं। मन में कितना उत्साह था कि तन-मन-वचन से इनकी हूँ, केवल इनकी। कोई मुझे फुसलाकर देखे तो! जितना उत्साह तब नयी बहू की तरह सजकर रहने का था उतना ही उत्साह सती बनने का था। सावित्री बहन! मेरी सास ने रीझकर तुम्हारा नाम लेकर कहा था, ''जैसा नाम वैसी बनो बहू!''

कैप्टन मुरारी ने हाथ रखा। मुझे बुरा लगा या अच्छा यह तो याद नहीं पर इतना याद है कि मन में एकदम उत्साह जगा कि अभी इन्हें बताती हूँ। मेरे देवता भी जान लेंगे कि मैं कितनी-कितनी-कितनी हद तक केवल उनकी हूँ।

लेकिन मुझे मन में कितना धक्का लगा जब मैंने देखा कि इनका चेहरा उतर गया। इन्होंने मुरारी को तो डाँटा, मुझसे भी कहा कि ''इतना असभ्य हो जाने की क्या ज़रूरत थी।'' मैं घर लौट आयी और ख़ूब रोयी। उस दिन इन पर गुस्सा आया। बेहद गुस्सा आया। इस समय इनके मुँह से यह बात सुनकर फिर गुस्सा आ गया। दसगुना, सौगुना, हज़ारगुना ज़्यादा। जब उस बात पर मेरी पीठ ठोंकनी चाहिए थी तब सभ्यता सिखा रहे थे अब उसकी स्तुति गाने बैठे हैं। कायर! पाखण्डी! और मैं फूट पड़ी, ''तुम्हें मेरी और राजाराम की वकालत करने की ज़रूरत नहीं। पाखण्डी कहीं के! ख़बरदार जो ज़बान हिलायी। मेरे माँ-बाप के आँगन में

तुमने पैर क्यों रखा? इतने दिनों तक नहीं आये थे। मैं सब जानती हूँ। सित्तो के कॉलेज फ़ोन कर-करके मेरा हाल पूछा जाता था। शरम नहीं आयी? मेरी बीमारी का बहाना लेकर उस बच्ची पर डोरे डालने शुरू किये हैं। मैं सब कह दूँगी। मरते-मरते सब कह जाऊँगी।''

आँगन में सब सिर झुकाये बैठे थे। माँ, सित्तो, ये। पिता बाँह से आँसू पोंछ रहे थे। सिर्फ़ दूर बरामदे में बैठी माया मौसी सुपारी कतर रही थीं और बड़बड़ा रही थीं, ''बीमारी का शरीर है कालिका भवानी का, नाहीं तो जलती लकड़ी से मुँह झौंस दिया जातै तो सब पागलपन छूमन्तर हुई जाता। हम ऐसी-ऐसी फरफन्दिन बहुत देखा है। मारत-मारत...'' इन्होंने आँख उठाकर प्रार्थना की दृष्टि से मौसी की ओर देखा तो वे चुप तो हो गयीं मगर सुपारी-सरौता उठाकर पाँव पटकते चली गयीं।

इन पर यह चोट देकर मेरा जी हल्का हो गया। थोड़ी देर में सब शान्त हो गया। मैं भी। आँगन भी। अनार का एक फूल फूला था और धूप में उसकी चटख लाल पंखड़ी और भी झिलमिली लग रही थी। मेरे मन पर एक भार था वह उतर गया था।

भार कई हफ़्ते से था। माया मौसी एक दिन माँ से कह रही थीं कि यह छोकड़ा राजाराम सबित्तरा की बीमारी का बहाना बनाकर अँगुली पकड़ते-पकड़ते पहुँचा पकड़ रहा है। उसी दिन से मुझे बेचैनी थी। कब मेरे दिमाग़ ने यह सोच लिया कि ये भी मेरी बीमारी का बहाना बनाकर सित्तो पर डोरे डाल रहे हैं यह मुझे याद नहीं। पर उस दिन सारी दुनिया के सामने यह कहकर मैं बिलकुल हल्की हो गयी। निश्चिन्त। बड़े आये थे दुनियावाले राजाराम पर आरोप लगाने! बड़े आये थे ये उसकी वकालत करने!

मेरी यह हालत ज़्यादा दिनों नहीं रही, लेकिन जब तक रही तब तक के लिए मेरी यह खिड़की बन्द कर दी गयी थी। सामने पार्क की रेलिंग पर मुहल्ले के छोकड़े इकट्ठे हो जाते थे, मेरी ओर संकेत कर अभद्र बातें करते थे और मेरा गुस्सा बेक़ाबू हो जाता था। एक दिन इन्होंने यह देखा तो खिड़की बाहर से बन्द करवा दी। मुझे बकना होता था तो दीवार का सहारा लेकर आँगन में आ जाती थी। मेरा आँगन में आना हुआ कि सित्तो कहीं भी हो भागकर माँ की कोठरी में घुसकर दरवाज़ा बन्द कर लेती थी। बाहर निकलती थी तो रो-रोकर उसकी आँखें लाल सूजी हुई होती थीं। बाक़ी सब चुप रहते थे। बिलकुल बुत की तरह चुप।

यह शायद मेरे प्रति सबसे बड़ी क्रूरता थी। चुप रहने का मतलब था मेरा तिरस्कार। लेकिन एक दिन मैंने देखा कि ये चौके में बैठे खाना खा रहे हैं। मैंने बकना शुरू किया कि ये थाली खिसकाकर उठ गये और अनार के थाले में हाथ धोने लगे। मेरा खोता हुआ विश्वास लौट आया। मैं अभी चोट दे सकती हूँ। और तब अकसर जब इनके लिए पीढ़ा बिछाने और थाली रखने की आवाज़ आती तो मेरा आँगन में आना अनिवार्य हो जाता।

इलाज कई हुए पर मैंने कहा न कि दिमाग़ में कुछ बिगड़ा होता तो सुधरता भी, यह तो एक आदत-सी उभर आयी थी जिसके आगे मैं बेबस थी। बिलकुल ठीक तो याद नहीं कि कब और कैसे इस पर रोक लग गयी, लेकिन जहाँ तक मुझे ख़्याल आता है शायद सित्तो का बदला हुआ रुख़ मुझे कारगर साबित हुआ।

एक दिन जब मैं उसी तरह बक-झक करती हुई आँगन में आयी तो मैंने देखा कि सित्तो उठकर अम्मा की कोठरी में जाने लगी। इन्होंने थाली खिसकायी तो वहीं हाथ रोक दिया और दो घूँट पानी पीकर बैठ गये। और तभी चमत्कार हुआ। कोठरी में जाती सित्तो रुक गयी और बरामदे का खम्बा पकड़कर खड़ी हो गयी। एक क्षण निर्निमेष उसने मुझे जिस दृष्टि से ऊपर से नीचे तक देखा उससे पहले तो मैं सिहर गयी पर मैंने चीख़ते हुए इन्हें और सित्तो को लगाकर एक बहुत कड़वी बात कही। और सित्तो जैसे चमक उठी, वह तनकर खड़ी हो गयी। राम रे! कितनी बड़ी हो गयी सित्तो इन तीन बरसों में ! वह छोटी बच्ची कहाँ गयी—"दिदिया! ख़बरदार जो तुमने अब बाही-तबाही बकी। बकना है तो अपना कमरा बन्द कर लो और जो चाहो सो बको। लेकिन अपना पाप मेरे मत्थे मढ़ती रही तो अब यह नहीं होने का। बहुत सह लिया मैंने। जितना दिदिया-दिदिया कर पाँव रो लिपटती रही उतना तुम मुझे बलि चढ़ाती गयीं।" मैं एक क्षण को स्तब्ध रह गयी, इसे इतना बोलना भी आता है! फिर सित्तो आँगन में आयी। और इनसे बोली, "आपने हाथ क्यों रोक लिया? खाना खाइए!" बिलकुल आज्ञा देने के स्वर में। मानो सित्तो बड़ी-बूढ़ी है और ये छोटे-से बच्चे हैं, "चलिए खाइए, मैंने भी खाना-पीना छोड़कर, हाड़ गलाकर, रोकर, सिर पटककर देख लिया। पर अब क्यों करूँ। मैं जानती हूँ मैं क्या हूँ। मेरी अम्मा जानती हैं, बाबू जानते हैं। आप जानते हैं। दिदिया भी जानती हैं कि आप क्या हैं, मैं क्या हूँ लेकिन रोज़ जान-बूझकर जो ठेठर रचाती हैं उसके पीछे सब मरेंगे तो यह ठेठर-लीला बढ़ेगी ही घटेगी नहीं।" पास जाकर बोली, "खाइए, नहीं तो मैं समझूँगी कि आप भी दिदिया की बक-झक को सच मानकर मुझे ज़लील कर रहे हैं। सारा मुहल्ला तो करने ही लगा है, आप तो मेरे साथ यह अन्याय न कीजिए।" मैंने देखा कि

इनकी आँखों में आँसू हैं और ये सित्तो के हाथ से कौर लेकर खाने की कोशिश कर रहे हैं।

क्षण-भर में जैसे घर का इतिहास बदल गया। सित्तो घर की बड़ी-बूढ़ी के मानिन्द आँगन में खड़ी थी और सारा घर बच्चों की तरह उसका अनुशासन मान रहा था। सूत्र उसके हाथ में थे। उसने मेरी ओर देखा और बोली, "जाओ, खाट पर लेटो। तुम्हारा दलिया और रस अभी ला रही हूँ।"

वह दिन था कि आज, मैं चुपचाप कमरे में गयी तो अब तक चुपचाप इसी कमरे में हूँ। वक़्त तो लगा पर धीरे-धीरे मेरे सामने स्पष्ट हो गया कि चारों ओर मैं सब-कुछ उजाड़ चुकी हूँ, पार्क के नासमझ बच्चों की तरह रोशनी देनेवाले हर बिजली के बल्ब को ढेले मारकर तोड़ चुकी हूँ। अब चारों ओर सिर्फ़ बियाबान और सुनसान है। और तब पहली बार मालूम हुआ कि मैं जिस मौत से डरती थी वह तो कब की आ चुकी है और धीरे-धीरे घटित हो रही है। राजाराम जब तक था तो स्वयं यह बीमारी एक जड़ाऊ सुन्दर कवच की तरह थी जिसमें घिरकर अपने को सुरक्षित मानती थी। लेकिन अब?

मुझसे कोई नहीं बोलता था। माँ, पिताजी, ये छोटा भैया, माया मौसी, अड़ोसी-पड़ोसी। सिर्फ सित्तो शान्त चुपचाप कमरे में आती—कभी दवा, कभी फल, कभी कपड़े लेकर और अपना काम कर चुपचाप चली जाती! कहती, "दवा ले लो", मैं दवा ले लेती। कहती, "फल ले लो", मैं फल ले लेती। बस। पहले डर के मारे चुपचाप उसके सामने उसकी आज्ञा मान लेती, उसके कमरे से बाहर जाते ही मारे नफ़रत के दवा फेंक देती। या दस बातें मन-ही-मन बुदबुदाती। मगर उसके आते ही आज्ञाकारी बच्चे की तरह चुपचाप उसका हुक्म मानती। बाद में लगा यह भी बेकार है। मेरी नफ़रत सिर्फ़ मुझे उद्विग्न कर जाती है। मैं बहुत चाहती थी कि सित्तो मुझे अच्छा-बुरा कुछ तो कहे। मैं अकसर उसके हाथ से दवा लेकर एकटक उसकी ओर देखती कि वह अब और कुछ कहेगी लेकिन वह चुप दूसरी ओर देखने लगती।

मैं जानने लगी थी कि मैंने अपने हाथों से हरेक के हृदय का दरवाज़ा अपने लिए बन्द कर दिया था। अब सब समाप्त है।

जब चारों ओर मन के दरवाज़े बन्द हो गये तब यह मेरे सिरहाने की पार्क की खिड़की खोल दी गयी। वही ताज़ी हवा, खुली रोशनी, बच्चों की हँसी, नीले आसमान में रंग-बिरंगी पतंगें, लेकिन खिड़की खुलने पर पहले जैसे रोशनी कमरे में हरहराकर चली आती थी वैसा अब नहीं हुआ। मुझे लगा कि खुली खिड़की देखकर ताज़ी हवा, सुनहली रोशनी, बच्चों की किलकारियाँ इधर बढ़ीं तो मगर

खिड़की की चौखट पर ठिठककर रुक गयीं। कमरे के अन्दर वही मैं, वही सुनसान अँधेरा और टूटापन! मैंने जाना कि जीती हुई भी मैं इस दुनिया के लिए अब बाहरी हूँ, ग़ैर हूँ, प्रेत हूँ, मर चुकी हूँ।

एक दिन सित्तो इन्हें लायी और मेरे पास बिठा गयी। फिर बाहर गयी और फूलों की एक वेणी ले आयी। इनके पास लाकर रखी और चली गयी। मैं सिर्फ़ उठकर बैठ गयी और माथे पर पल्ला डाल लिया। बहुत देर के बाद इनके मुँह से शब्द निकले, "तुम चिन्ता न करो, अच्छी हो जाओगी।" मुझे लगा कि वे शब्द बहुत दूर किसी दूसरे लोक में वास करनेवाले प्राणी के शब्द हैं। हज़ारों मील दूर से आते हुए अस्फुट और अपरिचित। तब से कभी-कभी ये आते हैं। चारों ओर एक ठण्डा सौजन्य है, जो चार दिनों का ही मेहमान है उसका दिल क्यों दुखाया जाए।

यह सौजन्य मुझे बेहद तोड़ जाता है।

आज इतने बरसों के बाद माँ मेरे कमरे में आयी। वट-सावित्री की पूजा के लिए थाली सजाकर। माँ को कुछ क्यों कहूँ? मुझे क्या मालूम नहीं है? माँ ने माया मौसी से सलाह की है कि दहेज का और ज़मीन ख़रीदने का सारा रुपया तो बड़ी की बीमारी में ख़र्च हो गया, अब तो अगर वे सित्तो को स्वीकार लें तभी घर का निस्तार है। सित्तो से कहने की उनकी हिम्मत नहीं लेकिन कल रात को माँ ने बैठकर लिस्ट बनायी थी कि मेरे पास कौन से ज़ेवर हैं जो सित्तो के काम आ सकेंगे और आज सुबह माँ वट की पूजा के लिए जाते हुए मुझसे पूजा की थाली छुआने लायी थीं।

मैंने थाली नहीं छुई (क्षमा करना सावित्री बहन)। बहाने से आँख मूँदकर तकिये से टिककर लेट गयी तो ऐसा लगा मानो मेरे चारों ओर लोग चुपचाप इन्तज़ार में खड़े हैं कि मेरी मृत्यु की घड़ी टलती क्यों जा रही है। सबके चेहरे पर शोक भी है, इन्तज़ार भी, अधीरता भी; सब चुप हैं, सिर्फ़ दीवार पर लगी मेरी शादी की घड़ी टिक्-टिक् कर रही है। उस पर बना गुलाब बोलता है, गुडनाइट-गुडनाइट-गुडनाइट! कमरे-भर में मोगरे की तेज़ महक है। मगर इस सबसे भी मौत की महक दबती नहीं! मृत्यु की यह दूसरी गाथा है सावित्री बहन! तुम्हारी गाथा से बिलकुल पृथक्!

सब बिना कहे, बिना बोले इन्तज़ार कर रहे हैं। मैं भी इन्तज़ार कर रही हूँ। मेरे लिए किसी का कुछ अर्थ नहीं रहा। न मैं माँ की बेटी रही, न सित्तो की बहन, न इनकी पत्नी, न राजाराम की...सिर्फ़ यह खिड़की मेरे लिए एक चौकोर दुनिया है। पार्क में खिलते गुलमोहर-अमलतास के रंग हैं, सामने की खिड़की में

अठखेलियाँ करती लड़की के आकार हैं, खेलते बच्चों की हँसी की आवाज़ें हैं।

एक दिन एक अदृश्य हाथ आकर चौकोर स्लेट पर अंकित इन आकारों को मिटा देगा, आवाज़ें बन्द हो जाएँगी और मैं थककर लेट रहूँगी। लेकिन कब...?

यह मेरे लिए नहीं

ऐसी सुबहें सिर्फ़ उस गली में होती थीं। सीले घर, टूटे मन, अन्दर-बाहर अँधेरा, हर चीज़ पर कुढ़न और खीज। और तभी जाने कहाँ से कोई एक छोटी-सी चीज़ उभर आती थी—दूसरों के लिए बिलकुल बेमतलब, मगर जो देखे और समझे उसके लिए कितना दिलासा देनेवाली! मसलन इस लम्बे, सीले, बेडौल दीवारों वाले कमरे में अलस्सुबह यह धूप का एक चकत्ता, सुनहला, चौकोर, सुबह के झकोरे में झील के पानी की तरह काँपता हुआ। क्वार-कार्तिक की ढलती रात की सर्दी खाया हुआ टूटता बदन हो, हवा में पड़ोस के अहाते में रात-भर झरे हरसिंगार की गमक हो, छुट्टी के दिन की सुबह हो और तख़्त पर लेटे-लेटे सीले बेडौल कमरे में विना बुलाये आ जानेवाली इस चौकोर नन्ही-सी धूप को सिर्फ़ देखने, चुपचाप देखते रहने का बेहिसाब वक़्त तो...धीरे-धीरे महसूस होता है कि यह धूप की तितली स्थिर नहीं है, प्रतिपल काँप ही नहीं रही है, धीरे-धीरे खिसक रही है, आगे बढ़ रही है, और तब सहसा यह ध्यान आता है कि बाहर सूरज धीरे-धीरे उठ रहा है, उसी के अनुसार यह धूप जौ-जौ तिल-तिल खिसक रही है।

और तब जैसे बिजली छू जाए, कुछ ऐसा अव्यक्त उल्लास मन को झकझोर जाता था और दीनू सब भूल जाता था कि यह धूप का चकत्ता उस दीवार के छेद से आ रहा था जो तीन साल पहले नये कमरे के लिए चिनी जानी शुरू हुई थी, और राज-मजूरों का पैसा भी जब माँ नहीं दे पायी तो उसकी साइकिल बेचनी पड़ी थी। साइकिल बेचने से उसे कॉलेज के लिए पैदल तीन मील जाना और तीन मील आना पड़ता था, पर उसे कोई शिकायत नहीं थी सिवा इसके कि हर दूसरे हफ़्ते पुरानी पेशावरी में नया तल्ला लगवाना पड़ता था और जब उसे ऊपरी ख़र्च के लिए सिर्फ़ पाँच रुपये महीना मिलते थे (जिसमें से उसे फ़ाइल के काग़ज़, स्याही, साबुन, तेल और ड्राइंग-पिनें भी ख़रीदनी पड़ती थीं) तब उसमें से पूरा एक रुपया हर महीने मोची को चला जाए यह बर्दाश्त नहीं होता था और वह बार-बार खीजता था कि माँ को हर छठे महीने मकान की मरम्मत करवाने की क्या धुन है? कॉलेज

में फ़ीस माफ थी, कुछ पुअर फण्ड से भी मिलता था, एक बारह रुपये और एक आठ रुपये की ट्यूशन थी और पैसे बचें, इसीलिए माँ बाहर रहती थीं। मगर हर छठे महीने आती थीं और साठ-सत्तर कभी-कभी सौ रुपये भी अगर बचे हों तो तुरत नजीर मिस्त्री की बुलाहट होती थी और मकान में काम लग जाता था। कहती थीं, "तेरे बाबूजी की निशानी है। मरते-मरते उन्होंने कर्जा लेकर चिट्ठा बँटवाया था।" हफ़्ते-भर जिस कापी में मज़दूरी की हाज़िरी लिखी जाती थी उसे चिट्ठा कहते थे। और शनिवार की शाम को मज़दूरी बँटने का अर्थ चिट्ठा बँटना। माँ को चिट्ठा बाँटने में एक अद्भुत सुख होता था। पाई-पाई का हिसाब करती थी। बैजू भैया बैंक में काम करते थे। उनसे पाँच रुपये की चमचम नयी पाइयाँ मँगवाती थीं। चिट्ठा बाँटने के बाद गहरी साँस लेकर कहतीं, "पाई-पाई चुका दी। तेरे बाबूजी ने कहा था किसी की एक पाई चढ़ी मत रखना।"

लेकिन माँ के सुख का अलम् कहीं नहीं। दीनू जानता है कि अब एक पैसा नहीं बचा है। परसों ये गठरी-सन्दूक़ लेकर चल देंगी और छः महीने बाद फिर लौटेंगी। और फिर डिक्शनरी के नीचेवाली दराज़ में (जहाँ वह बचे हुए रुपये रखता है) हाथ डालेंगी, रुपये निकालेंगी, सावधानी से गिनेंगी, और अपनी सिलाईवाली पिटरिया में सुई-डोरे और कतरनों के नीचे रख देंगी और दूसरे दिन उन्हें फ़र्श में दरार दिखाई देगी, उखड़े पलस्तरवाली दीवार से नींव में पानी भरता नज़र आएगा, छत का दायाँ बाजू फूला नज़र आएगा और कहेंगी, "दीनू बेटा, ज़रा कॉलेज जाते समय चकलानीम होते हुए जाना, नजीर मिस्त्री से बोलना बहूजी ने बुलवाया है।" और बस दीनू को सामने की थाली ज़हर लगने लगेगी। इन्हें क्या मालूम कि बुख़ार में एक दिन वह ट्यूशन नहीं गया तो दूसरे दिन उस दो कौड़ी के बिसाती ने क्या कहा था। इन्हें क्या मालूम कि वैद्यजी ने कहा है कि दवा की शीशी बराबर नहीं लोगे तो फेफड़ों पर असर होगा। इन्हें क्या मालूम कि तुरन्त खाना खाकर दौड़ते हुए कॉलेज जाने में नीचे तिल्ली में दरद होने लगता है। इन्हें क्या मालूम...वह नजीर मिस्त्री से सन्देशा कहकर और तेज़ चलता, बीच में सूनी सड़क पर दौड़ता--फट जाए, एकबारगी तिल्ली फट जाए, उसे इस नरक से छुटकारा मिले। बाबूजी की निशानी यह मकान बनता रहे, साल-दर-साल। लेकिन दीनू की गाल की हड्डियाँ उभर आयीं, पसलियाँ कसकने लगीं, जिगर ख़राब हो गया, आँखें कमज़ोर हो चलीं पर तिल्ली नहीं फटी, दीवार और छतों का फटना बदस्तूर ज़ारी रहा। मरम्मत लगती रही और हर बार चिट्ठा बँटने के बाद माँ का गहरा सन्तोष भरा वाक्य, "पाई-पाई चुका दी। तेरे बाबूजी ने आख़िरी समय कहा था, किसी की एक पाई..."

दीनू की उम्र ही क्या थी तब! मुश्किल से सत्रह-अठारह बरस। फिर भी उसे यह लगने लगा था कि बाप की निशानी सिर्फ़ यह मकान है। वह नहीं। इस उम्र में वह क्लास का सबसे तेज़, सबसे ग़रीब, सबसे दुबला, सबसे कम उम्र लड़का है। और किताबें उसे उधार माँगनी पड़ती हैं और कपड़े उसे घर में साबुन से पछाड़कर पहनने पड़ते हैं और शामें ट्यूशनों में बितानी पड़ती हैं और माँ हैं कि निचुड़कर बूँद-बूँद इकट्ठा होनेवाले पैसे को (जिससे वह एग्ज़ामिनेशन फ़ीस और अगले साल की एडमिशन फ़ीस देना चाहता है) फटी दीवारों में झोंक आती हैं। सिर्फ़ इस सुख को महसूस करने को कि उन्होंने पाई-पाई चुका दी—मज़दूर लगने ज़रूरी हैं, चिट्ठा बँटना ज़रूरी है।

और इसलिए जब वे फिर गठरी-सन्दूक़ लेकर बाहर जाने लगतीं और दीनू का कमज़ोर पीला चेहरा हथेलियों में लेकर कहतीं, "कैसा सूख गया है मेरा लाल! बस दो साल और। तेरी नौकरी लगे, मैं आकर पास रहूँ तब पनपे! कहीं परायों के चौके का अन्न तन-बदन में लगता है?" तो दीनू के सारे बदन में एक अरुचि, एक विद्रोहपूर्ण घृणा, एक विक्षोभ उबाल खाने लगता। जो कुछ माँ करती हैं ठीक। लेकिन फिर डॉक्टर चाची को पराया मानना! डॉक्टर चाची अगर प्यार से दो वक़्त न खिलातीं तो! उन्होंने क्या नहीं किया दीनू के लिए! लेकिन माँ ने उन्हें कभी क्या अपना माना? किस बिरते पर? कि उन्हें मकान के किराये में से बारह रुपये माहवार दीनू के खाने का देती थीं। किसी की पाई अपने पे चढ़ती न रखने का क़ौल। और फिर जब दीनू की नौकरी लगी और माँ लौटीं तो उन्होंने खड़े-खड़े डॉक्टर चाचा और चाची से अलगाव कर लिया। "मेरे बेटे को परायों ने बस में कर रखा है।" उन्होंने अड़ोस-पड़ोस में कहा था। और दीनू को फिर उस दिन से माँ के चौके का दो वक़्त का खाना भी कड़वा लगने लगा था। तीसरे महीने की तनख़्वाह से एक पुरानी साइकिल तो आ गयी थी और वह खड़खड़िया साइकिल सुबह सात बजे घर से निकल जाती। नौकरी पर होते हुए कॉलेज (पढ़ाई जारी थी), और वहाँ से इधर-उधर मीलों का निरर्थक चक्कर; रात को दस बजे लौटना। तब तक माँ कटोरदान में पराँठा-तरकारी उसके कमरे में रखकर सो जाती थीं। लेकिन जिस दिन नींद उचट जाए उस दिन दीनू की रात रोते या खीजते गुज़रती थी। वे खुद बैठकर खिलाती थीं और खाते समय बतातीं कि बुआ का ख़त आया है कि दीनू की नौकरी लग गयी, अब वह बरसीवाले पाँच सौ रुपये लौटा दो! या बड़े ताऊजी का ख़त आया है कि दीनू के लिए एक सुशील कन्या देखी है। इन बुआजी के लड़कों पर दीनू के पिताजी ने हज़ारों ख़र्च किये थे और

इन ताऊजी ने दो हज़ार रुपये देकर दीनू का वह बड़ा मकान हड़प लिया था और ट्यूशन के रुपये में से दीनू से सूद वसूल करते थे। ग़रीबों के तमाम हाड़तोड़ कष्ट में से उसने निश्चय किया था कि इन नृशंस रिश्तेदारों से कभी नाता नहीं जोड़ेगा। मगर माँ थीं कि डॉक्टर चाचा-चाची को पराया घोषित कर इन रिश्तेदारों को उसके सिर थोपती थीं क्योंकि ये अपने ख़ून के थे। और कल रात तो ग़ज़ब हो गया जब माँ ने कहा कि मकानवाली तइया, जिन्होंने दीनू पर आरोप लगाया था कि वह उस मकान का दस रुपये किराया वसूलकर खा गया, आनेवाली हैं, जो बड़ा मकान क़र्ज़ के एवज़ में ले लिया है उसका बैनामा करने—कोई उसे पाँच हज़ार रुपये में ख़रीद रहा है, टिकेंगी इसी घर में—तो दीनू के धीरज का बाँध टूट गया। जाने क्या हुआ उसे कि उसने हाथ का पराँठा खिड़की की राह बाहर फेंक दिया और पहली बार माँ से चीख़कर बोला, "मैंने सब सह लिया, मगर अब तुम्हारे ये कमीने रिश्तेदार यहाँ जमा हुए तो मैं इस घर में क़दम नहीं रखूँगा। क्या मेरा कोई स्वाभिमान नहीं! मैंने मर-मरकर पढ़ा पर इनका अहसान नहीं लिया!"

माँ ने अस्फुट स्वरों में कुछ कहा, फिर रुलाई रोकते हुए नीचे जाकर बिस्तर में पड़ रहीं। दीनू की तबीयत हुई भाग जाए और डॉक्टर चाचा से कहे कि अब उससे नहीं रहा जाता। माँ के साथ वह एक क्षण नहीं रहेगा। एक क्षण नहीं। उसे किसी में विश्वास नहीं। पहले कभी एक ईश्वर में विश्वास था जो उसके साथ सूनी सड़कों पर दौड़ता चलता था, जो उसके साथ बीमार थकी ग़रीब रातों के अँधेरे में कभी-कभी दिलासा-भरी बातें कर लेता था, लेकिन जिस दिन ईश्वर-भक्त माँ ने दस साल की आभार-भरी आत्मीयता को भूलकर मुहल्ले-भर के सामने डॉक्टर चाचा-चाची को अपमानित कर अलग कर दिया तब से उसे ईश्वर पर भी विश्वास नहीं। क्या करे वह? दीवार पर सिर पटक दे? मगर उससे दीवार में दरार पड़ गयी और मकान की नींव में पानी भरने लगा तो बाप की निशानी इस मकान का क्या होगा?

वह एक बार नीचे आया। तबीयत हुई ताला बन्द करे, साइकिल उठाये और दूर चला जाए, गऊघाट के पुल के अँधेरे में साइकिल टिकाकर एक छलाँग नीचे और फिर...वह नीचे आँगन में आया। बरामदे में माँ की सिसकियाँ सुनाई दे रही थीं। वे सोयी नहीं थीं। रो रही थीं। वह लौट आया। कमरे में पड़ रहा। लालटेन बुझायी। बुझती लालटेन की एक ख़ास महक होती है। वह आयी मगर उसके साथ एक और महक आयी पड़ोस में खिले हरसिंगार की। आधी रात हो चली थी। हरसिंगार फूल आया था। दीनू को कब नींद आयी मालूम नहीं। सिर्फ़ इतना मालूम है कि सोते समय हरसिंगार की महक के साथ परना दी कि उजली हँसी

की तरह लहर भी जाने कैसे गुँथकर आ गयी थी। दो-तीन दिन से परना दी (असली नाम अपर्णा बनर्जी) सुबह हरसिंगार चुनने आती है तो एक मुट्ठी फूल बोड़दा (बड़े भैया, यानी दीनू बाबू, यानी श्री एम. एस. दीन, रिसर्च स्कॉलर) के लिए माँ के पास रख जाती है। माँ उस वक़्त संन्ध्या पर बैठ चुकी होती हैं। पर कुश के आसन पर उससे फूल रखवा लेती हैं। और कभी-कभी आचमन मन्त्र भूलकर उससे गप मारने में लग जाती हैं।

परना उसके और माँ के बीच की गहरी ख़ामोश नफ़रत और अलगाव पर एक अजीब-सा अदृश्य सेतु है। अपर्णा नीचे माँ के पास बैठकर हँसती है, दीनू के कमरे में ऊपर हरसिंगार महकने लगते हैं।

ईश्वर तो नहीं है, निश्चित नहीं है यह दीनू को दृढ़ विश्वास हो चुका था वरना निरपराध उसे बचपन से इतनी तकलीफ़, इतनी अवमानना और इतनी बेबाक ईमानदारी के बावजूद ऐसे तुच्छ आरोप न सहने पड़ते। लेकिन इस घुटन, अँधेरे और क्षोभ-भरे दुखते मन की एक खिड़की किसी ऐसी दिशा में ज़रूर खुलती है जिधर सब-कुछ बहुत खुला हुआ, बहुत उजला, विराट् और सीमाहीन है।

चार-पाँच बरस तक उसके किशोर बच्चे मन को यह लगा था कि उधर ही कहीं एक ईश्वर भी है ज़रूर, क्योंकि उन दिनों पढ़ाई और ट्यूशन से बचनेवाला सारा वक़्त साँजी के साथ बीतता था। साँजी के उस स्नेह से भरे-पूरे घर में बीता हर क्षण उसके ख़ाली-ख़ाली मन को भर जाता था। साँजी उसकी छोटी-सी मित्र थी, संरक्षिका थी, उसकी लड़ाकू सिपाही थी और जब अकसर माँ के कड़वे व्यवहार पर दीनू का छोटा-सा मन चोट खा जाता था तब अपने कन्धे पर उसका सिर टिकाकर, इकलाई के पल्ले से आँसू पोंछकर, माथा सहलानेवाली साँजी उसकी छोटी-सी, नन्ही-सी माँ भी थी। लेकिन क्या मजाल कोई कुछ कह तो दे! सारी दुनिया में सिर्फ़ डॉक्टर चाची थीं जो बहुत बारीक मुस्कान से पूछती थीं, "दीनू भैया! ये कमीज़ के बटन क्या साँजी की चुटैया में फँसकर टूटे हैं?" "क्या मतलब चाची?" वह नक़ली गुस्से से पूछता तो चाची कहती, "मेरा मतलब कि अगर तुम लोग लड़ते हो तो बटनों पर गुस्सा क्यों उतरता है। मैं कहाँ तक टाँकूँ। उसी को बुला लो टाँक दिया करे।" और दीनू सिर से पाँव तक लाज से छुई-मुई हो जाता। असल बात यह थी कि एक दिन झपट्टा लड़ाई में सचमुच साँजी के बटनों पर भी बुरी गुज़री थी, लेकिन राम! राम! वह बात क्या दीनू किसी को बताएगा! दीनू तो खुद ही सन्न रह गया। कहीं साँजी ने ग़लत समझा तो बस वह गया। सभी

उसे ग़लत समझते हैं, एक साँजी...। वह तीन दिन तक रोज़ जाकर सबसे बात करता रहा, सिर्फ़ साँजी से हिम्मत नहीं हुई। जब साँजी ने तीसरे दिन उससे पूछा, "माँ जी को चिट्ठी का जवाब दे दिया? कोई कड़ी बात न लिखना। उन बेचारी के और है ही कौन?" तब जाकर दीनू की जान में जान आयी थी।

उन दिनों एक ईश्वर था ज़रूर। जेठ के दसतपा के दिनों में गली नरक की भट्ठी हो जाती थी। दीवारों से घिरी छत कुम्हार के आँवे की तरह तपती थी और उसमें सोनेवाले कम-से-कम आठ जने। बस चार-छह दिन की बात और साँजी सदा के लिए चली जाएगी। दीनू का खाना-पीना सब छूट गया था। चाची भी सब समझती थीं लेकिन कोई कर क्या सकता था। सब जब सो जाते थे तब वह खरहरी खाट पर चित्त लेटा ऊपर तारों-भरे आकाश की ओर आँसू-भरी आँखों से देखता रहता कि उसने क्या किया है कि उससे सब छिनते गये—पहले पिता का साया, फिर माँ का विश्वास, फिर साँजी...और तब उन तारों के ऊपर और ऊपर से बहुत दूर से कोई आवाज़ कुछ कहती थी... उन दिनों ईश्वर था।

लेकिन जब बरस-भर के बाद साँजी लौटी और उसने कहा कि "इनसे किसी ने तुम्हारे बारे में बहुत उल्टी-सीधी जड़ी है और अब तुम्हें चिट्ठी कैसे लिख सकती हूँ। तुम्हारे आने-जाने के ख़िलाफ़ भी मुझे ताक़ीद कर दी गयी है," तो दीनू को लगा जैसे उसकी सारी पवित्र निष्ठा को फिर धक्के से किसी ने चूर-चूर कर दिया और मन की वह खिड़की हमेशा के लिए बन्द हो गयी। रह गयी केवल यह उभरी हड्डियों, दुखती पसलियों, चूर-चूर बदन और तपते माथोंवाली तन्दुरुस्ती, ग़रीबी और अवमानना में पिसता मन, और माँ की नासमझ ज़बरदस्तियाँ। बरस-पर-बरस अँधेरे और घुटन में बीतते गये।

परना दी को सब मालूम था। कोई दीनू ने बताया थोड़े ही था। वह तो एक दिन जब ऐनुअल डे (वार्षिकोत्सव) में गया था तो अपर्णा आयी। माँ से कहा कि बोड़दा के कमरे में अपनी सलाई भूल गयी है और सलाई ढूँढ़ने के लिए सबसे पहले उसने वही दराज़ खोली जिसमें दीनू की डायरियाँ और साँजी की चिट्ठियाँ रखी थीं और जिस रफ़्तार से इमली खाकर चियाँ फेंकती जाती है उसी रफ़्तार से चिट्ठियाँ-डायरियाँ पढ़कर वापस दराज़ में फेंकती गयी। दीनू को मालूम हो गया था और जब वह बहुत नाखुश हुआ, तीन दिन तक नहीं बोला तब भी अपर्णा के चेहरे पर कहीं पश्चात्ताप नहीं था। माँ काम में लगी थी तो धीरे से पास आकर बोली, "बस मुँह फुलाकर अपने मन में अपशब्द कहते रहना! मैं साँजी नहीं हूँ

कि मुझसे मारपीट करो! बोड़दा होने की मर्यादा रखना कितना मशक़्क़त का काम है न!"

लेकिन अपर्णा ने मन की वह खिड़की फिर खोल दी जिसमें से आकाश और खुलाव और रोशनी झाँकती है। यह बात ज़रूर है कि अब वहाँ ईश्वर नहीं था लेकिन जब कभी हरसिंगार-बसी सुबह की ऐसी धूप का चतुष्कोण फ़र्श पर काँपता, पंख फड़फड़ाता दीखता तो दीनू इस घर-आँगन की घुटन, यतीम ग़रीबी और माँ की कटुता सब भूलकर कुछ और सोचने लगता। इस पृथ्वी के परे, अनन्त आकाश में कहीं एक विराट सूर्य उग रहा है, आकाश में धीरे-धीरे चढ़ रहा है ताकि रोशनी की एक पंख उसके कमरे में उसके सीलन-भरे फ़र्श पर थाली में भरे गंगाजल-सा काँपे। ऐसी सुबह सिर्फ़ उस गली में होती है, सिर्फ़ उसके लिए। पिता, तुम यह टूटी निशानी गले से बाँधकर चले गये तो क्या? रिश्तेदारिनी, तुमने दस रुपये के लिए लांछित किया तो क्या? माँ, तुम मुझे घोंट-घोंटकर कुढ़ा रही हो तो क्या? साँजी, तुमने निराधार छोड़ दिया तो क्या? एक सूरज मेरे लिए उगता है, गली में उतरता है...

और वह उठा तो रात का सब-कुछ भूल चुका था। ताज़ा था, खिला-खिला और नीचे उतरा तो धूप का वह चतुष्कोण और पुंजीभूत होकर एक लम्बी सुनहली पट्टी बन चुका था और तख़्त के किनारे पर टँक गया था। सीढ़ियाँ उतरते हुए वह मना रहा था कि अपर्णा हो और माँ की कुढ़न ख़त्म हो चुकी हो...काश!

नीचे आँगन छोटा था, दीवारें ऊँची थीं, धूप देर में आती थी। वातावरण में गृह-युद्ध की चुनौती व्याप्त थी। माँ के चेहरे का वह ख़ास भाव उभर आया था; गुस्सा, उबला हुआ गुस्सा गोया जमकर चट्टान हो गया हो। और उस चट्टान में से तराशा हुआ एक नुकीला झुर्रीदार दबंग चेहरा! लेकिन रात-भर के रोने से आँख के पास के पपोटे सूजे हुए, पुतलियाँ स्थिर, नथुने लाल और ज़रा फैले हुए, होंठ पर जमे हुए होंठ। पश्चिमवाले बरोठे में पूजा के लिए पीढ़ा बिछा रही थीं। उम्र के साथ-साथ उन्हें कुछ-कुछ गठिया का असर होने लगा था। कामकाज में पीठ झुकाते ही कराहकर कहती थीं, "हे प्रभो!" लेकिन आज दीनू को नीचे उतरते देखकर अकस्मात् उनके होंठ और भिंच गये। उसकी ओर से मुँह फेरकर पंचपात्र में पानी भरते हुए बोलीं, "प्रभ्भो!" ('हे' क्रोध में ग़ायब!) दीनू के माथे पर तुरत शिकन आ गयी, त्यौरियाँ चढ़ गयीं। माँ तुरत जान गयीं कि चुनौती स्वीकार ली गयी है। वे दीनू की तरह ईश्वर-विहीन नहीं थीं। मानो किलेबन्दी कर युद्ध के

लिए पीढ़े पर तनकर बैठ गयीं और अपने चारों ओर ईश्वर को मुनीम की तरह बिछा लिया। इधर पंचपात्र, उधर आम की लकड़ियाँ, सामने सामग्री की थाली, आगे हवनकुण्ड।

दीनू का सारा गुस्सा अन्दर-अन्दर घुमड़कर एक असहाय बेबसी में बदल गया। कोई कुछ कहे तो वह जवाब दे। लेकिन माँ तो एक व्यूह बाँधकर अन्दर बैठ गयीं। गोया उनको सबकी पाई-पाई चुका दी और अब किसी से कुछ लेना-देना नहीं। "प्रभ्भो!" उन्होंने कहा और उन सबको क्षमा कर दिया जो उनके प्रति अन्यायी हैं जैसे दीनू! और माँ का चट्टानी चेहरा गोया ख़ुद एक मुजस्सम आरोप!

दीनू चीख़-चीख़कर कहना चाहता है कि यह आरोप ग़लत है। अन्यायी वह नहीं है, अन्याय तो उस पर किया जा रहा है। लेकिन वह कहे तो किससे? चारों ओर जो थे—मुहल्ले-टोलेवाले, कुटुम्ब-क़बीले, नातेदार, अड़ोसी-पड़ोसी उनसे कुछ भी कहने से फ़ायदा क्या? क्या उन्होंने आठ-दस साल से दीनू के फटे पैबन्द लगे बचपन को कैशोर्य की देहली तक घिसटते देखा नहीं है? वे सब जो अपनी-अपनी सन्तानों से इसलिए नाराज़ हैं कि उन्होंने कुसंग में पड़कर बीड़ी-सिगरेट पीना, 'सनीमा' देखना, चोरी से अपनी किताबें बेच आना सब सीख लिया—वही मुहल्ले के बुज़ुर्ग दीनू से और भी नाराज़ हैं कि उसने यह सब क्यों नहीं सीखा! ज़रूर कोई गहरा राज़ है और फिर ऐसा लड़का माँ को भी दुःख देता हो तो अचरज क्या?

दीनू आँगन में बेमतलब टहल रहा था।

द्वार पर खटका हुआ तो दीनू को लगा कि शायद परना आयी। लेकिन नहीं, यह तो हरदेई खटीकन थी जो रोज़ बिना नागा साग-भाजी दे जाती थी। माँ पूजा पर थीं अतः धनिया-मिर्चा, चौरा की फली एक कोने में रखकर चलने लगी। माँ का चट्टानी ख़ामोश चेहरा पूजा करते-करते ज़रा-सा इधर मुड़ा और आँखों से एक आँसू गालों पर बह आया। हरदेइया घर की पुरानी परजा थी। तुरत समझ गयी और बिना दीनू की ओर देखे बोली, "हे भगवान ! बेटवा-बिटिया न देव ऊ भला, मुला निखिद्धी सन्तान न देव ! बुढ़ापे में केकरा मुँह देखैं बहूजी बेचरऊ।"

दीनू ने दाँत पीसे और एक गहरी साँस ली। भगवान की अमलदारी कितनी पक्की है! माँ ने एक शब्द भी नहीं कहा। बस 'प्रभ्भो' के दरबार में गुहार की और तुरत भगवान की भेजी हरदेइया खटकिन दीनू को सज़ा दे गयी। दीनू क्या करे जिसका कोई भगवान नहीं रहा! कितना अकेला! कितना निरस्त्र!

अस्त्र दीनू के पास सिर्फ़ एक था, उसकी पुरानी साइकिल। लेकिन हमले का

नहीं, बचाव का। अपनी पुरानी साइकिल उसने निकाली, उलटकर हैण्डिल-सीट नीचे कर पहिये ऊपर कर उसे आँगन में रख लिया और हौज़ में से पानी ले-लेकर उसकी सफ़ाई करने लगा। छुट्टियों की सुबह का यह एक अनिवार्य कार्यक्रम था। साइकिल में मशगूल होकर उसे लगता था गोया वह सुरक्षित है, अपने स्वाभिमान के कवच में आवेष्टित। वह पूजा के बरोठे के सामने जमकर बैठ गया। टायर धोये, तीलियाँ और रिम चमकाये, फ्री-व्हील साफ़ किया, मडगार्ड के अन्दर जमी मिट्टी साफ़ की और जब चेन में चिकनाई लगाने चला तो उसे याद आया कि ग्रीज़ तो घर में है ही नहीं। हाँ, डॉक्टर चाची के यहाँ लकड़ीवाली कुठरिया में बुरादे के बोरे के पासवाले डिब्बे में ग्रीज़ रखा है। वह तो किसी बहाने इस समय वहाँ जाना ही चाहता था।

उस घर-आँगन में दीनू का रुतबा ही कुछ और था। क्या शहंशाहों की अवाही का ऐलान होता होगा ! दीनू को देखते ही छोटे भैया दीवार पर कोयले से कबूतर बनाना छोड़कर बोले, "गुण्टी, दीनू भैया आये हैं।" गुण्टी जल्दी से गुड़िया को नथ से खूँटी पर टाँगकर चौके में भागी—"अम्मा, दीनू भैया आये हैं!" चाची तुरत चाय की पतीली में एक प्याला पानी और डालकर बैठक में गयीं और झाँककर बोलीं, "सुनते हो, दीनू आया है!" डॉक्टर चाचा जल्दी से दवाओं की शीशियाँ होमियोपैथिक बक्से में रखते हुए, पाँव में खड़ाऊँ डालते हुए उठे, "अच्छा, आ गया! सुनो, तड़के सुबह भाभी आयी थीं। फिर उसकी बहुत शिकायत कर गयी हैं। लेकिन कुछ कहना मत!" और खड़ाऊँ घसीटते आँगन में आकर बोले, "कौन दीनू! आज तो छुट्टी है न बेटा?" दीनू का तन-मन माथे से पद-नख तक शान्त-शीतल हो गया। परना दी के हरसिंगार क्या महकेंगे जितना डॉक्टर चाचा की बोली महकती है!

और पल-भर में दीनू एक दूसरी दुनिया में था। कहाँ की ग्रीज और कहाँ की साइकिल। डॉक्टर चाचा टीन की कुरसी पर बैठे थे, और दीनू आँगनवाले तख़्त पर और बातें चल रही थीं रिसर्च की, राजनीति की, देश-विदेश की और दीनू के जिगरी यार-दोस्तों की, साँजी के घर को और डॉक्टर चाचा के दफ़्तर की। असल में चाचा डॉक्टर थोड़े ही थे। वे तो सरकारी दफ़्तर में हैडक्लर्क थे। बेहद सीधे और ईमानदार। उनके सहकारी उनसे बेहद नाराज़ थे क्योंकि वे न रिश्वत लेते थे, न लेने देते थे। और उनके अफ़सर उनसे बेहद नाराज़ थे क्योंकि इससे सारे दफ़्तर में आये दिन कोई-न-कोई उलझन पैदा होती रहती थी। डॉक्टर चाचा से

कहीं जूनियर लोग सुपरिण्टेण्डेण्ट बनते जा रहे थे जबकि उनको एक के बाद एक तनज़्ज़ुली मिलती गयी। तन्दुरुस्ती बिगड़ती गयी सो अलग। सस्ते इलाज की खोज में होमियोपैथी का बक्सा घर में आया तो पास-पड़ोस में भी दवाएँ बँटने लगीं और चाचा डॉक्टर कहलाने लगे। वैसे वे अकसर थके हुए और उदास रहते, लेकिन दीनू के आते ही उनकी आँखों में घमण्ड और आत्मतृप्ति की जो चमक आती है वह दीनू को, छोटे-से दीनू को पता नहीं कितना गहिर गम्भीर बना देती है। और फिर सुनिए चाचा की दुलार-भरी प्रश्नावली और दीनू के अफ़लातूनी जवाब! चाचा को सबसे ज़्यादा दिलचस्पी थी—दीनू आजकल क्या पढ़ रहा है, क्या नयी-नयी बातें सोच रहा है, दोस्तों में किन बातों पर बहस-मुबाहसा चलता है। और फिर जब दीनू के मन का घाव ज़रा-सी हमदर्दी पाकर रिसने लगता तब डॉक्टर चाचा कहते हैं, "तुम्हें भाभी की बात का बुरा नहीं मानना चाहिए। वे बेचारी अपने ज़माने की नज़र से हर चीज़ देखती हैं। तुम्हें अपने पढ़ने-लिखने में लगे रहना चाहिए। कहती हैं तो कह लेने दो।"

आज यह बात फिर उठी तो दीनू की आँख में आँसू आ गये, "मैं तो उनसे कुछ नहीं चाहता, मैंने उनसे कुछ नहीं माँगा। अपनी फ़ीस तक के रुपये खुद जुटाये। अब मुझे वे चैन से तो रहने दें। मेरे सिर पर कभी मकान, कभी रिश्तेदार, कभी शादी—कुछ-न-कुछ लादे बिना उन्हें चैन नहीं मिलता।"

"दीनू बेटा, इसलिए तो विद्यार्थी-जीवन को तपस्याकाल कहा गया है। इसी में चरित्र बनता है।" चाचा ने बहुत भरे-भरे गले से कहा, "आज भी सुबह भाभी आयी थीं। मैंने तो उनसे कहा कि तुमने दीनू को पैदा किया लेकिन उसे समझा नहीं। लेकिन तुम भी सोचो बेटा, उन्होंने दादाजी के मरने के बाद कितना कष्ट सहा है।"

"तो अब तो चैन से बैठें, जितना घर में आये उसे मकान-मरम्मत में झोंककर फिर रोज़ कलेश मचाने से क्या फ़ायदा? मैं तो मकान छोड़कर हॉस्टल में रहूँगा। उनका मकान उन्हीं को मुबारक हो! मैंने कल डॉक्टर मेहरोत्रा से बात कर ली है, के. एल. पी. हॉस्टल में एक सिंगिल बैड-रूम मिल रहा है।"

"तेरा तो दिमाग़ ख़राब है। ले चाय पी। मैं भाभी से किसी वक़्त बात करूँगा।" और चाचा खड़ाऊँ खटकाते फिर बैठक में चले गये। पड़ोस के बिशन महाराज की पतोहू दवा लेने आ गयी थी। चाची ने कटोरदान में से मठरियाँ निकालीं और दीनू की प्लेट में रख दीं। दीनू ने मना किया तो चाची बोलीं, "क्यों भैया! तुम्हें तो ये सूजी की मठरियाँ बहुत अच्छी लगती थीं। तुम तो जेब में रखकर कॉलेज ले जाया करते थे।"

"उन दिनों की बात जाने दो चाची!" दीनू ने रुँधे गले से कहा। आँसू अब ढलका, अब ढलका—"मेरी कितनी तमन्ना थी कि मैं नौकरी करूँगा तो हम सब साथ रहेंगे। चाचा ने कितना किया मेरे लिए, कुछ उनका भार बँटाऊँगा। लेकिन..."

"लेकिन क्या भैया? तुम क्या अब भी हमसे अलग हो? ईश्वर जानता है कि इनके ऑफ़िस में इतना-इतना उलट-फेर हुआ, लेकिन इनके चेहरे पर कभी शिकन नहीं देखी, पर जिस दिन इन्हें मालूम होता है कि आज फिर भाभी से कहा-सुनी हुई, आज फिर तुमने खाना नहीं खाया तो तुम्हारे चाचा को रात-भर नींद नहीं आती।"

और जो आँसू दीनू की आँखों में इतनी देर से झूल रहे थे वे टप-से चू पड़े। वह क्या करे चाचा-चाची के लिए? कितना सोचता है, कुछ भी तो नहीं कर पाता। चाची बोलीं, 'छिः, तुम तो अब भी बच्चा बने हुए हो भैया! ईश्वर सब पार लगाता है।"

"ईश्वर नहीं है चाची, कहीं नहीं है। सब झूठ है। पहले मैं मानता था लेकिन सब ढोंग है। जाओ घर में देखो, माँ जी कर तो रही हैं पूजा! चित्त लगा होगा मरम्मत में या रिश्तेदारों में।"

"तो क्या करें घर में बैठी-बैठी? ठीक तो कहती हैं बहू ले आओ। उसकी देख-रेख में लगें, न दीवार की दरार सूझेगी, न नींव की सीलन!"

"हाँ, ले आओ बहू!" खीजकर दीनू बोला, "अपनी तो किताबें तक ख़रीदने का ठिकाना नहीं, अभी बहू-बहू की रट है, फिर दोहरा क्लेश घर में शुरू हो! मेरे पास तो ज़रा-सा रुपया आए, मैं कहीं विदेश भाग जाऊँ!"

"हाँ-हाँ, भैया, तुम शादी की हाँ तो भरो। कुँवर-कलेवे में ज़िद ठान लेना कि मुझे इण्डोनेशिया जाने-आने का टिकट चाहिए। हारकर ससुरालवाले देंगे।"

अच्छा तो चाची अभी इण्डोनेशिया वाली बात भूली नहीं है। बात यह थी कि साँजी के ससुराल चले जाने के बाद दीनू अकेले कमरे में दिन-भर पड़ा रहता। एक काली-सी डायरी में पता नहीं क्या-क्या लिखता और जाने कहाँ से उस पर झक सवार हुई थी कि वह देश छोड़कर कहीं चला जाएगा और जाने के लिए भी उसने क्या देश चुना था इण्डोनेशिया! उसकी हमदम और राज़दाँ तो ले-देकर एक चाची थीं सो जब उसने चाची से बताया कि वह इण्डोनेशिया जानेवाला है तो चाची कुछ नहीं बोलीं। आज बहुत दिन बाद चाची ने छेड़ा है। पर कहीं अन्दर-अन्दर दीनू को अच्छा लगा। चाची चतुर हैं। साँजी का नाम नहीं लेतीं, इण्डोनेशिया की याद दिलाती हैं! पुरानी चोट कभी-कभी पुरवैया में पिराने लगती

है तो वह पीर भी अच्छी लगती है। असल में चाचा-चाची के घर की ये तो बात है। यहाँ आकर जैसे दीनू, चारों ओर से बिखरता हुआ दीनू, हर ओर से सँवरने लगता है। अन्दर से जहाँ-जहाँ टूट भी गया है वह भी सार्थक लगने लगता है। दिन जैसे उजला हो आया। आज वह ख़ूब पढ़ेगा—ख़ूब, ख़ूब। चाचा रात-रात-भर जागकर चिन्ता करते हैं। उसने पुराने अन्दाज़ में जेब में मठरियाँ डालीं और उठ खड़ा हुआ। घर जाते ही पढ़ने बैठ जाएगा। माँ कुछ कहेंगी भी तो भी जवाब नहीं देगा। साँजी कहा करती थी...ओह! किस कायर लड़की की बात सोच रहा है? लेकिन क्यों सोच रहा है? और चाची को देखो। इण्डोनेशिया वाली बात कहाँ अण्टी में गठियाये अभी तक रखे थीं। तभी न चाचा-चाची थे तो अपना घर कैसा लगता था! और अब?

अब क्या ख़ाक लगेगा? अन्दर जो है सो है, बाहर द्वारे पर तो केश बिखेरे साक्षात् परना दी खड़ी हैं। यह ठीक है कि सुबह-सुबह नहा-धोकर फूल चुनने निकलती हैं लेकिन विद्यापति ने सद्यःस्नाता के केशों का जो वर्णन किया है उसमें परना दी ने युगानुकूल सुधार किया है। संगम पर धूनी रमानेवाले साधुओं की जटाओं की छटा अपनायी है। दीनू का चित्त अन्दर से प्रसन्न हो गया। अंजलि में हरसिंगार के फूल लेकर, हाथ जोड़कर, माथे से लगाकर श्रद्धापूर्वक बोला, "अहा! क्या प्रेतनी छवि है!" अपर्णा ने बुरा नहीं माना। खिलखिलाते हुए एक मुट्ठी फूल और देते हुए बोली, "प्रेतनी नहीं पेतनी बोलो बोड़दा पेतनी! नहीं समझे। बाँग्ला में उसे पेतनी कहते हैं। हिन्दी में पतनी। वह 'पत्नी' अब बोड़दा के घर आनेवाला है। अभी पेतनी का पिता, पेतनी का माता अन्दर माँ जी के पास बैठा है। छी! छी! बोड़दा का वेश-भूषा में सब साइकिल का कालिख लगा है। क्या बोलेगा ओ लोग?" यह आकाशवाणी भाषित करते-करते वे गली के मोड़ पर अदृश्य हो गयीं।

उसने आँगन में झाँका। चौकी पर कानपुरवाले वागीशजी बैठे थे। उसका जी धक्-से हो गया। आज ख़ैर नहीं। वागीशजी का पूरा नाम (या उपनाम) वेद वागीश था। प्रख्यात भजनीक थे। "सरौता कहाँ भूल आये प्यारे ननदोइया" और "बालम आय बसो मेरे मन में!" की धुन पर बनाये गये अपने भजनों के बीच में रोचक धार्मिक दृष्टान्त देकर वे पण्डाल में रंग जमा देते थे। उनकी शक्ल देखते ही दीनू का गुस्से से ख़ून भी खौल जाता था और डर के मारे गला भी सूख जाता था। पश्चिमी फ़ैशन और उच्छृंखलता के पीछे दीवाने आधुनिक नवयुवक-नवयुवतियाँ किस प्रकार कपिल-कणाद-गौतम के देश को रसातल की ओर ले जा रहे हैं, इसका

सांगोपांग विवेचन वागीशजी करते थे तो माँ के चेहरे पर विजय का उल्लास छा जाता था। घर आकर दीनू से पूछतीं, "सुना वागीशजी का भाषण?" तो दीनू उबल पड़ता और नवयुवकों के पक्ष-विपक्ष में ख़ासा शास्त्रार्थ होता था। जब बात इस पर आती कि उसने खुद वागीशजी को चेहरे पर पोमेड लगाते और मैटिनी शो का टिकट ख़रीदते देखा है, तब शास्त्रार्थ का अन्त होता माँ के रो-रोकर यह घोषित करने से कि वे दीनू को जनम देने के पहले ही क्यों न मर गयीं और दीनू के यह ऐलान करने से कि "जो कड़वी बात कहेगा वह कड़वी बात सुनेगा। वागीशजी ने पढ़ा-लिखा क्या है सिवा दृष्टान्तसागर और भक्तिदर्पण के, जबकि आज के नवयुवक कितना पढ़ते-लिखते हैं! तुम्हारे रोने से वागीशजी विद्वान तो हो नहीं जाएँगे!"

लेकिन उसकी आशंका निर्मूल थी। माँ के चेहरे पर तो रात के रुदन और सुबह के गुस्से का चिह्न तक न था। हलवे के लिए सूजी भून रही थीं और दोनों से बात करती जा रही थीं। "आओ बेटा, कहाँ चले गये थे सुबह से? नाश्ता भी नहीं किया।" माँ के स्वर में मिठास थी, समझौते का अनुनय था। वागीशजी ने स्वागत किया और कोने में बैठी उनकी पत्नी ने दोनों हाथ जोड़कर प्रणाम किया और ज़रा ग़ौर से दीनू को सिर से पैर तक देखने लगीं। दीनू ने संकुचित होकर मुँह फेर लिया। "अपने भैया में वे कोई बातें नहीं जो आजकल के पश्चिमी सभ्यता के नवयुवकों में होती हैं। क्योंकर हों, माता के संस्कार जो हैं!" वागीशजी गद्गद स्वर में बोले। दीनू एकदम बोलने को हुआ कि पश्चिमी सभ्यता के नवयुवकों में बुरा क्या है? लेकिन उसे एकदम याद आया कि वह चाचा के घर में ही तय कर चुका है कि किसी कठहुज्जती में नहीं फँसेगा। दीनू उठ खड़ा हुआ। माँ से कहा, "नाश्ता मैं नहीं करूँगा। चाची के यहाँ कर आया हूँ, मैं पढ़ने जा रहा हूँ।" और अपने कमरे में चला आया। अब कमरा धूप में किताबों के साथ खिल उठा था। हरसिंगार के फूल मेज़ पर रख दिये और तख़्त पर बैठ गया। मुड़कर देखा माँ दरवाज़े पर खड़ी थीं। बोलीं, "इन लोगों को क्या जवाब दे दूँ? कितनी बार बेचारे कानपुर से चल-चलकर आये हैं।"

"तो मैं क्या करूँ? क्या मैंने बुलाया है ? क्यों आते हैं?" दीनू बोला।

"आते हैं तो क्या मना कर दूँ? कितने बड़े-बड़े लोग तरसते हैं कि वागीशजी उनके यहाँ जाएँ। हमारे यहाँ बेचारे स्वयं दौड़-दौड़कर आते हैं। मैं आज हाँ किये देती हूँ।" और माँ ने एक फ़ोटो दीनू की गोद में रख दी। जैसे करेण्ट छू गया हो। दीनू ने फ़ोटो बिना देखे नीचे फेंक दी और बोला, "माँ, मुझे परेशान मत करो। मैं किसी से कुछ नहीं चाहता। मुझे कोई फोटो-वोटो नहीं देखनी है।"

माँ का चेहरा तुरत कठोर हो आया। डाँटकर बोली, "तो क्या करेगा? मुझसे कब तब चूल्हा फुँकवाएगा। मैं बूढ़े हाड़ से कहाँ तक गिरस्ती करूँ अब? सोचा था आखिरी समय भगवान का भजन करूँगी।"

"देखो माँ, नीचे मेहमान बैठे हैं, चिल्लाओ मत। तुमसे मैंने कब कहा है गिरस्ती करने के लिए! तुम्हारा ही चित्त भगवद्भजन में नहीं लगा तो दौड़ी चली आयीं और घर से परायों को निकाल बाहर किया। मेरे लिए चूल्हा मत फूँको। मुझे तुम्हारे हाथ का खाये बिना भी चल जाएगा।"

"क्यों नहीं बेटा! इसी का तो बदला तू मुझसे निकालता है।" माँजी अब तक नियन्त्रण खो चुकी थीं, "वे लोग तेरे सब-कुछ हो गये क्योंकि चार बरस उन्होंने तुझे चारा चुगा दिया। घरवाले, सगे-सम्बन्धी तेरे कोई नहीं। जाने क्या जादू कर दिया मेरे बेटे पर। अरे हत्यारो, ज़रा तो रहम खाया होता। मेरा एक बेटा सो भी मुझसे छीन लिया। जाने क्या सुबह-सुबह सिखाकर भेजा है। वे क्यों चाहेंगे कि तू शादी करे। तू तो दुनिया-भर में मेरे नाम पर थुकवाएगा। मुहल्ला-भर थू-थू करता है। कभी बनैनी से नाम जुड़ता है, कभी बंगालिन से। तू शादी करके क्यों बँधेगा भला?"

साँजी और परना का उल्लेख ऐसे! यह दीनू को सपने में भी आभास नहीं था। तिलमिलाकर बोला, "तो ठीक है यही सही। मुझ जैसे दुश्चरित्र, बदनाम लड़के के साथ कोई अपनी लड़की की ज़िन्दगी क्यों बरबाद करना चाहता है। ले जाओ यह फ़ोटो!" और उसने नीचे आँगन में फ़ोटो फेंक दी। आज माँ ने एक बाहरवाले के सामने इतना ज़लील किया उसे! माँ! माँ तुम क्या करती हो! साँजी तुम गवाह हो! चाची तुम सच-सच कहो! परना दी तुम माथा छूकर कहो, चाची तुमसे दीनू का कुछ नहीं छिपा है—माँ ने इतनी बड़ी बात कह दी। वह अब नहीं सहेगा! एक क्षण नहीं! बस ख़त्म! उसने ऊपर से आँगन में झाँककर कहा, "और मुझे कोई शौक़ नहीं है कि तुम हाड़ तोड़कर गिरस्ती करो। आज से मैं तुम्हारे हाथ का टुकड़ा नहीं तोड़ूँगा। डरो मत, चाची के यहाँ भी नहीं, मैं हॉस्टल में जा रहा हूँ। मुझे तुम्हारा मकान-जायदाद भी नहीं चाहिए। इसे अपने सामने बेचकर ठिकाने लगाओ चाहे इसे सामने रखकर पूजा करो। मुझे कुछ नहीं चाहिए।"

आँगन ख़ाली था। वागीशजी जा चुके थे। माँ ज़मीन पर बैठी रो रही थीं, "हाँ, सबने मिलकर बहकाया है मेरे पूत को। अब चार पैसे कमाने लायक हुआ, तो किसी से देखा नहीं जाता। अरे मैं मकान छाती पर रखकर ले जाऊँगी? जिसे छाती से लगा-लगाकर पाला जब वही ठोकर मार रहा है..."

"का भवा दीनू भइया? बहूजी काहे रोय रही हैं?" बग़लवाले मकान की छत

से आँगन में झाँककर मुदियाइन ने पूछा। पीछेवाले मकान के मोखे में से झाँककर बचई महराज बोले, "कोई बुरी ख़बर आयी है क्या बहूजी?"

माँजी सहसा सचेत हो गयीं। आँसू पोंछते हुए बोलीं, "नहीं, कोई बात नहीं। न यह मकान हमारे ज़िम्मे छोड़ जाते न हमको ये दिन देखने पड़ते।"

और आधे घण्टे में सारे मुहल्ले में ख़बर फैल गयी कि दीनू ने मकान अपने नाम कराके अब माँ जी से कह दिया कि तुम चाहे रहो चाहे भाड़ में जाओ। छुट्टी का दिन था और हर घर में चर्चा चल पड़ी। बैजू भैया बोले, "छी-छी! देखने में कैसा सीधा लगता था! बिलकुल गऊ! सिर झुकाये आना, सिर झुकाये जाना। न किसी के तीन में न पाँच में। क्या मालूम था कि पेट में ये गुन भरे पड़े हैं? मुंशी हरलाल कान के खूँट निकालते बोले, "भैया, दोष तो बहूजी का है। जात-कुजात में लड़के को मिलने की छूट ही नहीं देनी चाहिए। हम लोगों ने कभी कुछ कहा तो उसके चचा लड़ने को तैयार कि उस लड़के को कोई कुछ न कहना। अरे सब चचा के तो बोये बीज हैं। कोई सगे चाचा तो हैं नहीं, माने-जाने के ठहरे!" बचई महराजिन बोलीं, "मुला अगर मकान वाजिब दाम में निकाल रहे होंय तो मुंशी हरलाल तुम कोशिश करके हमें दिलवाय देव! डॉक्टर बाबू से तो बनती है तुम्हारी।" और शाम होते-होते जब लोगों ने देखा कि दीनू साइकिल हाथ में थामे, पीछे कैरियर में एक छोटा सूटकेस बाँधकर कहीं जा रहा है तो लोगों को समझते देर नहीं लगी कि सूटकेस में मकान के काग़ज़ात हैं और ज़रूर वह वकील के यहाँ जा रहा है। हाँ, आज वह रोज़ की तरह सिर झुकाकर नहीं जा रहा था, गली के एक-एक घर-द्वार को रुक-रुककर देखता, ठिठकता, कुछ सोचता और फिर आगे बढ़ता। सड़क के पास एक बार उसने मुड़कर देर तक इधर देखा, पैडिल पर पाँव रखे और चला गया।

रात की कौन कहे, जब तीसरे दिन भी दीनू गली में लौटता नहीं दीखा तो मुहल्ले की बोली बदल गयी। "कमाऊ पूत सिरमाथे सहेजकर रखना चाहिए। कैसे-कैसे कष्ट सहकर यह दिन आया था। आज बाबूजी जिन्दा होते तो क्या ऐसे तिनका तोड़कर चला जाता! कैसा बज्जर करेजा है माँ का! खड़े-खड़े निकाल दिया। अरे मुहल्ले का लड़का है भैया, पता लगाओ जाने कहाँ भूखा-प्यासा पड़ा होयगा। कहीं रेल की पटरी पर न जाय पड़ा हो!" बचई महराजिन बोलीं, "अरे मकान के पीछे कलेश है तो बहूजी मकान हमें दे दें। वाजिब दाम ले लें। बेचारा लड़का दर-दर तो न भटके।"

माँजी स्तब्ध थीं। न रोना न धोना। तीसरे दिन सुबह चाचा-चाची ने बहुत-बहुत क़समें देकर दो-चार कौर खिलाये। फटी-फटी आँख से ऊपर देखती

थीं गोया दीनू अपने पढ़ने के कमरे में है और अब नीचे आता होगा।

इतवार-से-इतवार आठ दिन, फिर अगला इतवार पन्द्रह दिन और शुक्रवार पाँच दिन—पूरे बीस दिन कैसे कटे हैं। बस यह या तो अपर्णा जानती है या डॉक्टर चाचा। माँजी बरोठे में पूजा के पीढ़े के पास चौकी पर चुपचाप पड़ी रहती थीं। डॉक्टर चाची दोनों वक़्त खाना बनाकर बाक़ी वक़्त माँजी के पास बैठी रहती थीं और डॉक्टर चाचा और अपर्णा बैठक में बैठकर सलाह करते रहते कि दीनू को कैसे वापस लाएँ? माँजी चार-पाँच दिन चुप रहतीं, फिर डॉक्टर चाचा को या अपर्णा को पास बुलाकर हाथ जोड़कर कहतीं, "उससे कहना, माँ ने हाथ जोड़कर कहा है कि हम मकान नहीं रखेंगे। उस पर झंझट नहीं डालेंगे। मकान बेच देंगे।" फिर चार दिन की चुप्पी, फिर हाथ जोड़कर सन्देशा, "उससे कहना माँ ने हाथ जोड़कर कहा है कि वे ऋषिकेशवाले आश्रम में जाकर रहेंगी। इस घर में न लौटे तो वहीं आकर मिल ले।" चाची और अपर्णा मुँह फेरकर आँसू पोंछ लेतीं। फिर चार दिन की चुप्पी, फिर सन्देशा, "कहना माँ ने हाथ जोड़कर कहा है माफ़ कर दे बेटा। शादी-ब्याह की बात मुँह पर नहीं लाऊँगी।"

अपर्णा—चंचल बातूनी अपर्णा कितनी ख़ामोश, कितनी गम्भीर हो गयी थी। सुबह तो आकर जल्दी चली जाती थी पर शाम को आकर डॉक्टर चाचा से बात करती थी, "क्या किया जाए?" और जिस दिन माँ ने शादीवाला सन्देशा कहा उस दिन अकस्मात् डॉक्टर चाचा बात करते-करते रुक गये। बोले, "अपर्णा बेटी! एक बात कहूँ?" अपर्णा बड़ी-बड़ी आँखें उठाकर देखने लगी तो बोले, "बेटी, अब इसके बाद तो मैं दीनू को अपने पास रख भी नहीं सकूँगा। बेटी मेरी! तू अगर उसे सँभाल ले, तेरे बिना वह और किसी से सँभलेगा नहीं।" परना दी की बड़ी-बड़ी आँखें पहले से और बड़ी हो आयीं, फिर डबडबा आयीं, फिर नीचे झुक गयीं। फिर गहरी साँस लेकर बोली, "चाचाजी! दीनू लौट आए फिर मैं नहीं आऊँगी। मुझे पहले ही इतना राग नहीं बढ़ाना चाहिए था। हमारे घर में ऐसी बात कोई सुन भी नहीं सकता। चाचाजी! मेरे पिताजी तो ज़हर खा लेंगे।" डॉक्टर चाचा चुप हो गये। अपर्णा के सिर पर हाथ रखकर जाने क्या सोचते रहे।

लेकिन बीसवें दिन जब चाचा की बहुत मिन्नत के बाद दीनू लौटा तो सब बदले-बदले-से थे, सिर्फ़ परना थी ज्यों-की-त्यों। "बोड़दा! अपने कमरे की याद

भी नहीं आती थी? घर की भी नहीं?''

दीनू कुछ गम्भीर हो गया था, चुप अपने में जाने क्या-क्या सोचता रहा। बोला, ''नहीं, किसी की याद नहीं आती थी। बड़ी शान्ति थी। न आरोप, न हर क्षण की तोहमत।''

''कुछ याद नहीं आता था बोड़दा? कुछ नहीं?''

''आता था!'' दीनू परना की हथेली पर लकीरें खींचता हुआ बोला, ''हरसिंगार की महक याद आती थी। सुबह सोकर उठने पर, कभी-कभी रात को सोने जाते हुए।''

परना की वही बड़ी-बड़ी आँखें उठीं, फिर नीचे झुक गयीं, ''झूठ बोलते हो बोड़दा।''

''शायद!'' दीनू ने गहरी साँस लेकर कहा और अनमना-सा बारजे से टिककर नीचे आँगन की ओर सूनी दृष्टि से देखने लगा।

शायद नहीं, बात सच थी। घर से सारा नाता तोड़ देने के बाद, माँ की प्रतिमा को चूर-चूर कर देने के बाद, घर से दूर—इन बीस दिनों में दीनू दिन भर सोचता कि उसका स्वाभिमान जहाँ चूर हो, जहाँ उसके चरित्र पर आरोप हो, जहाँ उस पर अविश्वास कर उसे हर तरफ़ से ओछा और छोटा बनाने का सरंजाम हो--उस घर, उस आँगन के क़ैदखाने से छूटकर वह कितना सशक्त, कितना मुक्त, कितना शान्त अनुभव करता है, वह साँजी के बारे में सोचता, चाचा-चाची के बारे में सोचता, परना दी से तो कभी-कभी कल्पना में बातें ही करने लगता, लेकिन शाम होते ही जाने क्यों ऊँची दीवारोंवाला छोटा, अँधेरा-सा आँगन आँखों के सामने घूमने लगता और घूमने लगतीं माँ की आँखों के पास की झुर्रियाँ, दीवारों की दरार, फ़र्श की नमी। दो बार चौंककर आधी रात को जाग गया था। उसे लगा जैसे वह अपने घर में, अपने कमरे में सोया है और बाहर नज़ीर मिस्तरी मरम्मत के लिए छत का सीमेण्ट खोद रहे हैं—ठक-ठक-ठक-ठक! नहीं, कुछ नहीं, सिरहाने टँगी दीवार घड़ी बोल रही थी—टिक-टिक-टिक-टिक!

''शायद!'' परना के कन्धे पर हाथ रखकर अपना क़सूर मानता हुआ-सा दीनू बोला, ''शायद तुम्हें भी याद नहीं किया था मैंने।'' और नीचे देखने लगा।

नीचे आँगन कितना बदल गया था! इस आँगन में पहले माँजी की एक कल्पना-प्रतिमा स्थापित थी। विराट् चट्टानी, हर क्षण शासन करती हुई, दीनू के सारे व्यक्तित्व को छोटा, नाचीज़, निरर्थक बनाती हुई और दीनू, छोटा-सा लेकिन

ईमानदार दीनू अपने स्वाभिमान की रक्षा करता हुआ रह-रहकर उस छोटेपन के आरोपित चौखटे को तोड़ने की ललकार देता रहता था, और मन के इस कटु विक्षोभ में कहीं मिठास हमेशा के लिए मर न जाए इसलिए वह रह-रहकर चाचा-चाची की छाया ढूँढ़ता था, परना के हरसिंगार खोजता था।

आज आँगन कैसा उजड़ा-उजड़ा-सा है। जीत दीनू की हुई है। वह विराट्, आतंकप्रद, चट्टानी प्रतिमा चूर-चूर हो गयी है। उसके टुकड़े आँगन में बिखरे हुए हैं। शेष रह गयी हैं माँ, बीस दिनों में ही कितनी बूढ़ी, ख़ामोश, टूटी, पराजित। विजय के बाद की यह निचाट उदासी—दीनू कितना ख़ाली है। माँ की उस प्रतिमा के सन्दर्भ में जो भी दुनिया चारों ओर बनी थी वह प्रतिमा के टूटते ही कैसी-कैसी तो लगने लगी है! चाचा-चाची के लिए कुछ न कर पाने की बेचैनी, परना दी के लिए एक अव्यक्त आकुल प्रतीक्षा, मन की वह खिड़की जिससे धूप झाँकती थी, सब इतने निस्पन्द, इतने धुँधले क्यों हो गये हैं? बीस दिनों में माँ न केवल बहुत बूढ़ी हो गयी हैं वरन् उनकी कमर झुक-सी आयी है। पतीली में पानी लेने या चावल धोने रसोई से नल तक आने के लिए धीरे-धीरे आँगन पार करती हैं; 'हे प्रभो' भी नहीं कहतीं। और दीनू चुपचाप ऊपर खड़ा देखता है : कहाँ गयीं वह तेजस्विनी, युद्धरत, ज़िद्दी, आक्रमणकारी माँजी! यह दुर्बल कराहकर चलनेवाली वृद्धा कौन है? अकस्मात् इसका बुढ़ापा दीनू के सारे मन पर क्यों छा गया है? वह अपर्णा से हँसता क्यों नहीं? चाची से दुलार-भरी मनुहार क्यों नहीं करता?

माँ की पलकें झूल आयी थीं और काम करने में कभी-कभी हाथ काँप जाते थे। बोलते-बोलते अकस्मात् चुप हो जातीं, फिर लम्बी चुप्पी के बाद वाक्य पूरा करतीं। उस दिन मुंशी हरलाल को साथ लेकर बचई महराजिन आयीं तो माँ बोलीं, "हाँ, हमें मकान नहीं रखना। अरे इसी के कारण दीनू को कभी कोई सुख नहीं दे पायी। उसके बचपन के दिन थे खेलने-खाने के। बाबूजी होते तो..." और सहसा जैसे शब्द चुक गये हों, सूनी दृष्टि से देखती रहीं, मिनट-दो मिनट की चुप्पी के बाद बोलीं, "मकान तो बेचना है। डॉक्टर लाला से बात कर लो!" डॉक्टर चाचा बोले, "अभी कुछ तय नहीं है। दीनू को फ़ुरसत होगी तो बात करेंगे!" दीनू बोला, "बेचना है लेकिन अभी ठीक नहीं, फिर सोचेंगे।"

माँ उस दिन दिन-भर वही वाक्य जैसे पूरा करती रहीं। कड़ाही में आलू छौंके और उतारते-उतारते बोलीं, "बाबूजी होते तो..." और फिर चुप, देर तक चुप, फिर सहसा चौंककर आलू कड़ाही से निकालकर बड़े प्याले में रखते हुए वाक्य पूरा किया, "मकान तो बेचना है।" गूँधे आटे से लोई काटी, गोल टिक्की बनाकर पाटे पर रखी—"बाबूजी होते तो..." फिर लम्बी निष्क्रिय चुप्पी और फिर चौंककर—"मकान

तो बेचना है!" और बेलन से रोटी बेलने लगीं।

दीनू सामने बैठा था। चुप। माँ को देख रहा था और इतने आराम से बैठा था लेकिन जाने क्यों तिल्ली के पास ठीक वैसा ही दर्द-सा होने लगा था जैसे पहले खाना खाकर भागते हुए कॉलेज जाने में हुआ करता था। "बाबूजी होते तो..."

"मकान तो बेचना है।"

आज खाना खाते समय दीनू ने पहली बार ग़ौर किया। यह माँ की दृष्टि को क्या हुआ! आँखें तो ख़ैर धुन्ध और पानी-भरी थीं ही, वे कैसे एकटक, कितनी विनत, कितनी स्वामिभक्त-सी दृष्टि से दीनू को देख रही थीं! जैसे वे पालतू मूक गाय हों! बेज़बान, बेआसरा! दीनू को याद आया—छह-सात साल पहले बचई महाराज के यहाँ एक गाय थी, कुसला। दीनू शाम को उसे रोटी का एक टुकड़ा देने जाया करता था। कैसी हुमककर हुंकारती थी कुसला! एक दिन शाम को लौटा तो पता लगा कि चरकर लौटते हुए लॉरी से टक्कर खा गयी है। आकर गिरी तो उठ ही नहीं पा रही। दीनू दौड़कर गया, रोटी का टुकड़ा लेकर। कुसला न हुमक पायी न हुंकारी। दो बार उठने की कोशिश की, फिर गिर गयी। बस एकटक धुन्ध-भरी, पानी-भरी आँखों से दीनू को देखती रही, देखती रही।

दीनू से फिर रोटी नहीं खायी गयी। उठा तो माँ बोलीं, "बस!"

"बस!" उसने कहा और ऊपर जाने लगा।

पीछे-पीछे माँ की वही दृष्टि—एकटक, मूक स्वामिभक्त!

(ओ माँ, ओ माँ! यह दृष्टि नहीं सही जाती। दीनू ने विजय चाही थी अपनी निष्ठा, अपनी ईमानदारी, अपने स्वाभिमान को प्रतिष्ठित करने के लिए। तुम्हारी आँखों में इस दृष्टि के लिए नहीं! तुम्हारी दृष्टि में विजयी-सा, स्वामी-सा, शासक-सा दीनू अपनी दृष्टि में और छोटा लगने लगता है)

अपने कमरे में जाने के पहले, दीनू बारजे के पास खड़ा होकर उदास मुँह नीचे आँगन की ओर देखता रहा। चुप! गुमसुम!

जब माँ यहाँ रहती थीं तो हर महीने की दूसरी तारीख़ को सत्संग का पुराना चपरासी भवानीदीन चन्दे का रजिस्टर लेकर आता था। बाहर जूता उतारकर बरोठे में बैठकर जो भी उस समय मन्त्राणी हो उसकी निन्दा करता था, माँजी के ज़माने की प्रशंसा करता था और चन्दे के अलावा अपने लिए कभी पुरानी बनियान, कभी पुरानी धोती ले जाता था। इस बार आया तो माँ ने उसे भी दीनू के पास भेज दिया। "का भइया! माँजी कहत हैं कि—दीनू भइया कहें तब चन्दा मिली!" दीनू

को फिर जैसे चोट लगी। "नहीं भवानी काका, माँजी की मरज़ी कौन टालेगा!"

"हाँ, ओही तो हमहू कहा! भइया अबकी सालाना अधिबेसन है।"

"अच्छा!" और दीनू ने आठ आने की जगह पूरा एक रुपया लिख दिया। माँ कुछ नहीं बोलीं। उसी तरह एकटक दीनू को देखती रहीं।

दूसरे दिन शाम को दीनू लौटा तो गुण्टी ने आकर चाभी दी। मालूम हुआ डॉक्टर चाची को साथ लेकर माँजी वार्षिक अधिवेशन में गयी हैं। देर से लौटेंगी। पराँठा-तरकारी कटोरदान में रख गयी हैं।

घर बिलकुल अकेला था और बेहद शान्त। धीरे-धीरे शाम हो रही थी और कमरा, बरोठा, आँगन सब अँधेरे में डूबते जा रहे थे। जाने क्यों दीनू ने लालटेन तक नहीं जलायी। अँधेरे में ही पराँठे निकाले, छत पर बैठकर खाये, अँधेरे में ही नीचे नल तक गया। अँधेरे में ही आकर बड़ी देर तक तख़्त पर पड़ा-पड़ा खिड़की से आसमान की ओर देखता रहा। चौराहे वाले पीपल की फुनगी के पास सप्तर्षि-मण्डल चमक रहा था। उसे याद आया कि बहुत छोटा था तब इसी तरह एक दिन उसके पिता ने उसे सप्तर्षि-मण्डल दिखाया था और दो तारों की सीध में वह दूर पर ध्रुव। और ध्रुव की कहानी बताकर कहा था—झूठी बात कभी बोलना मत, सच्ची बात से कभी डिगना मत! उसे पिता की कितनी, कितनी कम बातें याद हैं! यह ज़रूर याद है कि वे हवन कराते थे। मन्त्र तो दीनू क्या बोल पाता लेकिन 'स्वाहा' बड़े उत्साह से बोलता और सामग्री हवनकुण्ड में डालता। हाथ में आँच लगती और जल्दी से हाथ खींच लेता। जब घर का यह ऊपरवाला हिस्सा बना तब बड़े हवन में उसे घी डालने का अधिकार मिला था। तब उसने स्वाहा के अलावा एक और शब्द सीखा था। 'इदन्न मम!' कुछ मन्त्र थे जिनमें बाद में इदन्न मम आता था और घी अग्नि में छोड़ने के बाद पास रखे पंचपात्र के जल में एक बूँद घी टपका देना होता था। पिघले गर्म घी की बूँद पानी में पड़कर जमकर तैरने लगती थी। बरसों बाद उसने पढ़ा था कि इदन्न मम के अर्थ होते हैं—यह (आहुति) मेरे लिए नहीं है। 'इदमिन्द्राय इदन्न मम'—यह इन्द्र के लिए है, मेरे लिए नहीं। 'इदं सोमाय, इदं ब्रह्मणे...'

पिता उस घी को हथेलियों में मलकर अग्नि से हाथ तापकर दीनू के माथे पर लगा देते थे—'वर्चस्वी भव!' 'बाबूजी होते तो...' उसे सहसा माँ का ख़याल आया जैसा कभी नहीं आया था। आती होंगी। वार्षिक अधिवेशन तो बहुत रात तक चलते हैं। वह करवट बदलकर कब सो गया उसे याद नहीं।

रात को नींद कैसे उचटी यह तो मालूम नहीं लेकिन उसे यह लगा कि किसी फूल की तेज़ महक आ रही है। कौन फूल है यह? कहाँ फूला है? उसने बाहर

देखा। सप्तर्षि अब घूमकर दूसरी जगह आ चुके थे। वह पानी पीने के लिए उठा। कहीं से हलकी रोशनी आ रही थी। उसने देखा, उसके सिरहाने नेवारी के फूलों की एक बड़ी-सी माला रखी है। कौन रख गया माँ?

वह बाहर आया। अरे बाहरवाले बरोठे से रोशनी कैसे आ रही है? कौन है वहाँ? उसका जी धड़-धड़ करने लगा। दबे पाँव वहाँ गया। "कौन? अरे माँ? क्या कर रही हो?"

माँ चौंककर खड़ी हो गयीं। हक्का-बक्का। डरी हुई जैसे चोरी करते पकड़ी गयी हों। दीनू आगे आया। देखा ढिबरी जलाकर कोने में रखी है। "क्या था?" उसने पूछा। माँ के हाथ काँप रहे थे। सिर्फ़ इशारा करके रह गयीं। दीनू ने देखा। दीवार और फ़र्श के बीच एक चौड़ी-सी दरार फट आयी थी। माँ उसमें मिट्टी भर रही थीं।

दीनू का जैसे जी उमड़ आया, "कल नजीर मिस्तरी को बुलवा लेतीं। चलो हाथ धोओ।" माँ उसी तरह पीठ झुकाये नल तक गयीं, हाथ धोये और बिस्तर पर लेट गयीं। दीनू ढिबरी लेकर गया। खुरपी लाया और उसमें मिट्टी भरने लगा। माँ ने लेटे-लेटे ही तकिये से सिर उठाकर देखा, फिर चुप लेट गयीं। दीनू खुरपी रखकर, हाथ धोकर, तौलिये से पोंछते हुए आया। माँ जैसे सफ़ाई देते हुए बोलीं, "बेटा, दरार-छेद देखेंगे तो मुंशी हरलाल और भी कम दाम लगाएँगे न! मकान तो बेचना है!"

दीनू ने गहरी साँस ली। कुछ कहा नहीं। ढिबरी बुझायी और चलते-चलते बोला, "माला कहाँ से आयी?"

"इस बार के अधिवेशन में ज़बरदस्ती मुझे सभानेत्री बना दिया। मैं तो मना कर रही थी।" माँ की आवाज़ अँधेरे में से आ रही थी, काँपती हुई, खुशी से या डर से, मालूम नहीं।

"फूल बहुत अच्छे हैं! नेवारी के हैं न?" दीनू अँधेरे में ही सीढ़ी चढ़ते-चढ़ते बोला।

"तुम्हें फूल अच्छे लगते हैं? पता नहीं परना अब क्यों नहीं दे जाती?"

दीनू अँधेरे में ठोकर खाते-खाते बचा।

अगहन लग गया था। तीन पहर से ज़्यादा रात बीत गयी थी। सर्द! दरार में मिट्टी भरते माँ के गीले हाथों की तरह। परना दी के नहाये केशों के गीले छोरों की तरह। उसे कँपकँपी छूट आयी। क्यों? शायद सर्दी की वजह से। उसने अलवान ओढ़ लिया, पलकें बन्द कर लीं। दो भूली-बिसरी, अग्नि में तपी, पिता की गरम आशीष हथेलियों में माथा छिपाकर सो गया।

"स्वाहा...! इदन्न मम! स्वाहा! इदन्न मम!" क्या सपना देख रहा है? वह चौंककर उठा। सूरज बहुत ऊपर चढ़ आया था और खिड़कियों से किताबों पर धूप आ रही थी। पीपल की डालों में धूप से डरकर कोहरे की एक परत दुबकी हुई थी।

स्वाहा...स्वाहा...

उसने झाँककर देखा। सचमुच बाहर के बरोठे में पूजा हो रही थी। डॉक्टर चाचा, चाची, माँ, गुण्टी। आटे-हल्दी से अल्पना बनायी गयी है, चार कोने पर तुरई के चार पीले फूल रखे हैं। ओह! वह भूल गया था। आज तो गुण्टी का जन्म-दिन होगा। चाचा हमेशा गुण्टी के जन्म-दिन की पूजा यहीं आकर माँ के हाथ से कराते हैं। गुण्टी इसी मकान में हुई थी न! छोटे भैया शायद अपर्णा को बुलाने गये थे, क्योंकि आगे-आगे अपर्णा आ रही थी और पीछे-पीछे छोटे भैया एक बिल्ली के बच्चे को डराते-धमकाते चले आ रहे थे। वह तुरत तैयार होकर नीचे आया और अलग चौकी पर बैठ गया। कभी वह पूजा करता था लेकिन जब उसका ईश्वर नहीं रहा तब उसने पूजा छोड़ दी। आज माँ खीजीं भी नहीं। कुछ कहा भी नहीं। बस वही एकटक अपलक मूक दृष्टि! उनका ध्यान न सामग्री पर था, न हवनकुण्ड पर। मशीन की तरह मन्त्र बोल रही थीं, मशीन की तरह आहुति डाल रही थीं।

स्वाहा...स्वाहा...

कितनी बूढ़ी, कितनी दयनीय, कितनी...

दीनू कब आकर पूजा में बैठ गया था—परना दी और डॉक्टर चाचा के बीच, यह भी उसे याद नहीं। वह क्या करे? उसका तो कोई ईश्वर भी नहीं। उसने यह कब चाहा था। उसने अनजाने में, बिलकुल अनजाने में परना दी के आगे से घी की कटोरी खिसका ली थी। आहुति डाल रहा था। यह विजय, यह स्वामित्व, यह आतंक—इदन्न मम! यह मेरे लिए नहीं! ईश्वर तो दीनू के लिए था नहीं, उसने खुद अपने चारों ओर अपनी सृष्टि बनायी थी और हर प्राणी को वह अपने अनुरूप बनाकर रखना चाहता था। अब वह सृष्टि भी नहीं। उसे कुछ नहीं चाहिए...इदन्न मम! वह किसी से कुछ नहीं चाहता। उदासी नहीं, एक शान्त निर्वेद। उसने माँ का झुका बूढ़ा शरीर, काँपती उँगलियाँ, धुन्ध-भरी जलमय आँखें देखीं। प्रभो! माँ को शान्ति दो। उनके शेष दिनों को उजाला दो। उसने परना दी की बड़ी-बड़ी झुकी आँखें और सूखे केशों की अनसँवरी उदासी देखी। अपर्णा ने अपने आपको इस घर से तोड़ लिया है। दीनू किसी के लिए कुछ नहीं कर पाया। माँ दुर्गा! परना की रक्षा करना। बड़ी पगली है।

वह ईश्वर से प्रार्थना कर रहा है? वह? दीनू? तो क्या उसका ईश्वर है? उसने फिर आहुति डाली। इदन्न मम! ईश्वर भी मेरे लिए नहीं! इदन्न मम—यह जो दीनू है, यह जो 'मैं' है यह भी मेरे लिए नहीं!

मुंशी हरलाल और बचई महराजिन कब आकर बैठ गये थे किसी ने ध्यान नहीं दिया। हाथ जोड़े, आँख मूँदे बैठे रहे। पूजा ख़त्म हुई तो बोले, "आज शुभ समय है। मकान की बात हो जाए तो अच्छा है! दीनू बाबू भी घर में हैं।"

माँ की वही दृष्टि दीनू की ओर।

"मकान?" दीनू खड़ा हो गया, "मुंशीजी! मकान हम लोगों को नहीं बेचना है।"

परना की बड़ी-बड़ी आँखें डॉक्टर चाचा की ओर उठीं। इस उल्लास को वह और किससे बाँटेंगी? और इस उदासी को? "फूलो-फलो बेटी मेरी !" चाचा ने आशीर्वाद दिया, माँ ने प्रसाद, चाचा ने रोचना के दो रुपये! "चन्दन नगर से ख़त लिखना बेटी!" चाचा बोले। अपर्णा के पिता आये थे और सबको लेकर चन्दन नगर जा रहे थे। वहीं आढ़त खुली है।

"चलो छोटे भैया! पहुँचाओगे नहीं!"

दोनों चल दिये। अपर्णा आगे-आगे, पीछे-पीछे छोटे भैया अपर्णा की खुली झूलती केशराशि में तुरई का फूल फँसाने की कोशिश करते और डाँट खाते हुए।

बन्द गली का आख़िरी मकान

लम्बी बीमारी में बिस्तर पर पड़े-पड़े दुनिया किस क़दर सिमट आती है।

दायीं ओर कच्ची दीवार, जिसमें बीच-बीच से गोबर का लेप उघड़ गया था। बीच में पिरोड़ से पुता हुआ आला, जिसके ऊपर दूर तक ढिबरी के धुएँ की काली लकीर और नीचे बहे हुए तेल की धार का दाग़। बायीं ओर दीवार नीची थी, खपरैल झुक आयी थी और ओलती के मोटे-मोटे बाँस। पाँयताने टीन के पुराने सन्दूक़ों पर पोटरियाँ, गठरी-मुठरी और अदालत के काग़ज़। ऊपर खूँटी से लटकता हुआ एक तार का खोंसना, जिसमें पुरानी चिट्ठियाँ, पुरज़े, ग़ैर-तामील हुए सम्मन, रसीदें, बैनामे और पुरनोट खुँसे हुए थे। सिरहाने था मोखा, जिसके पार खेत और हनुमान चौरा दीखता था, क्योंकि वह कच्चा मकान गली का आख़िरी मकान था, यहाँ आकर गली बन्द हो जाती थी। मकान के उस ओर थे खेत, हनुमान-चौरा, कुआँ और बहुत दूर पर खेतों पार पठानों का मुहल्ला, समदाबाद। घर के ठीक नीचे गाजर और भाँटे का खेत था, लेकिन सिरहाने मुड़कर वह नहीं देख सकते थे, क्योंकि अंग-अंग जकड़ गया था और बिना सहारे करवट बदलना भी मुमकिन नहीं था। रोम-रोम में भयानक पीर।

बीमारी भी कोई बीमारी-सी हो। अंग-अंग जकड़ा हुआ, ज़बान ऐंठी हुई, जिगर सूजा हुआ। कोई पूछे हनुमान-चौरा के बजरंग स्वामी से कि उन्हें यह कष्ट मुंशीजी को ही देना था! भाँटे के खेत में पाकड़तले पड़े थे, बस वही अटिक-खटिक मंगल को कभी भोग लगा दें तो लगा दें, नहीं तो राम भरोसे। मुंशीजी उठाकर कुइयाँ के पास लाये, बड़ी कोठी से चन्दा माँगा, म्युनिसिपैलिटी से मंज़ूरी ली, 'बजरंग स्वामी न्यू टेम्पुल कमेटी' क़ायम की। पक्का चौतरा और छतरी बनवायी। स्थापना के दिन आशा कम्पनी का लाउडस्पीकर लगवाया और आज बजरंग स्वामी ने क्यों सुध बिसार दी? आख़िर कौन खोट देखी अपने भगत में? कायस्थ होकर भी कभी शराब-कबाब छिगुनिया से नहीं छुई। इतने बड़े वकील के बैनामा मुंशी होकर भी

इक इंच धरती-धन इधर-से-उधर नहीं किया, पान तमाखू के लिए ग़रीब से घूस नहीं ली, जब से होश सँभाला मुहल्ले में आँख नीची किये हुए आये, आँख नीची किये हुए गये। और आज यह दशा कि पूरा क्वार, कार्तिक, अगहन बीत गया, गली-मुहल्ले की बात तो दूर, नीचे बैठक में बोरसी तापने नहीं आ सके। ले-देकर यही तीन ओर की दीवारें और ऊपर की खरपैल। खरपैल कुछ ग़नीमत थी। इस साल कई बरस बाद बड़े बेटे राघोराम के ब्याह के कारण नयी छवाई हुई थी। छप्पर नये सिरे से बाँधा गया था, और बीच-बीच में नये खरपैल थे, आँवे में सिंके लाल ताँबई रंग के। अच्छे लगते थे। एक बूँद बारिश की पड़े, तो सारी कोठरी सोंधी-सोंधी गमक उठे।

मुंशीजी ख़ास तौर से ये खपरे छाँटकर लाये थे। हालाँकि बारह आना सौ उसने दाम ज़्यादा लिया, लेकिन कुम्हार की मिट्टी और आँवे की तासीर ही अलग हैं। कितना उत्साह था उनके मन में राघोराम के ब्याह का! वकील साहब से सिफ़ारिश करके कहीं से वज़ीफा बँधवाया था और मिडिल किया, मैट्रिक किया और बजरंगबली गवाह हैं कि एफ. ए. भी पास कर लिया। उस दिन मुंशीजी की ख़ुशी और घमण्ड का ठिकाना नहीं था। रिज़ल्ट का अख़बार पूरे दस आने में ख़रीदकर लाये थे और जीतलाल हलवाई का कलाकन्द! रात के दस बजे तक बीसियों लोग बधाई देने आये। अख़बार में हरेक को रोल नम्बर दिखाकर कलाकन्द हाथ पर धरकर मुंशीजी कहते रहे, "गरीब की भगवान नहीं सुनेगा तो कौन सुनेगा! अरे वजीफ़ा ले-लेकर और ट्यूशन कर-करके पढ़ा, हमारी क्या औकात थी! माँ की तपिश्शा का फल है! अब बेटा रोटी-रोजगार लायक हुआ, हम लोगों का बुढ़ापा पार लगेगा। बजरंग स्वामी कृपा करो! इस हरिया को भी किसी किनारे लगाओ।"

बात यह थी कि छोटा बेटा हरीराम प्राइमरी से आगे ही नहीं बढ़ पाया था। दो लड़कों का सिर फोड़कर, एक मास्टर के घर पर कोयले से गाली लिखकर उसने शिक्षा सम्पूर्ण कर ली थी। कुछ दिन घर पर गाली खाता रहा, फिर मजमेबाज़ दवाफ़रोश से शेर को पछाड़ने की बूटी खाकर दो बरस बीमार पड़ा रहा, और फिर एक दिन मालूम हुआ कि उसने मिरवा के बाबू की शागिर्दी कर ली है और सुबह-सुबह उठकर सारंगी का रियाज़ करने जाता है। सा रे ग...रे ग म...ग म प...क़ाफ़ी गालीगलौज़, थुक्का-फ़ज़ीहत के बाद मुंशीजी ने उससे बोलना छोड़ दिया था, माँ तो साफ़ कहती थी कि उसकी कोख में से सिल-लोढ़ा जनमता तो किसी काम तो आता, इस करमजले मूँडीकटे हरिया ने तो नाम डुबो दिया। एक बेटा

है राधोराम, साच्छात गऊ! एक है ये जनम का चोर। हरिया अकसर जवाब नहीं देता था, लेकिन जिस दिन कहीं से एक पुरानी सारंगी घर ले आया और सुबह रियाज़ शुरू हुई, उस दिन माँ ने डाँटा, "बस, अब रण्डी पतुरिया भी लाके नचा आँगन में। वहाँ चला जा उनके मुहल्ले में। उसकी जूती चाट और सारंगी बजा।" तब हरीराम ने बड़े कड़े स्वर में कहा, "माई रे, तू हमारी जबान न खुलवा, समझी! बड़ी मुंशियाइन बनी है तो बन। हमारे तो बाप-दादा सारंगी बजाते रहे हैं, हम तो वही करेंगे। इलम-हुनर सीखेंगे, जूती किसी की नहीं चाटेंगे! और कान खोल के सुन ले, तेरी जूती भी नहीं चाटेंगे और मुंशीजी की भी नहीं!"

बात पूरी भी नहीं हुई थी कि बड़े भाई राघोराम का एक भरपूर तमाचा पड़ा हरिया के। और उसके बाद और तमाचे और घूँसे। मुंशीजी ने सिर पटक दिया। माँ ने रो-रोकर तीन दिन खाना नहीं खाया। सिर्फ़ नानी थी, जो हरिया को गाली भी देती जा रही थी और उसकी सूजी हुई पीठ और मुँह पर हल्दी-चूना भी लगाती जा रही थी।

तब मुंशीजी पहली बार बीमार पड़े थे। हरिया ने जो कहा था, वह सीधा उनके मर्म पर लगा था, लेकिन राघो ने दिन-रात एक कर जो उनकी सेवा की, उससे एक बार फिर प्राण लौट आये। विश्वास भी। जब पहले दिन कचहरी जाने को तैयार हुए, तो ज़िन्दगी में पहली बार उन्होंने नाम लेकर राघो की माँ को बुलाया, "बिरजा सुनती हो, हनुमान-चौरा पर तेल, सेन्दुर भिजवा देना।" बिरजा का प्रौढ़, कहीं-कहीं झुर्री खाता चेहरा लज्जा से लाल हो आया। हमेशा ज़मीन में लिथड़नेवाला धूल-भरा पल्ला खींचकर सिर पर डालती हुई बोली, "अम्मा सीधा की थाली लगा रही हैं। हाथ से छू देव तो जाना।"

राघो और हरिया की नानी, बिरजा की माँ हरदेई एक कन्या पाठशाला में दाई थी और घर-घर लड़कियों को बुलाने जाती थी। लेकिन अब स्कूल सुबह का हो गया था और बीच में छुट्टी लेकर आ जाती थी। सीधे की थाली छुआकर राघो से बोली, "बेटा, पैर छुओ मुंशीजी के।" और मिचमिची पलकों में आये आँसू पोंछती हुई बोली, "टोला-मुहल्ला जो चाहे कहे। जात-बिरादरी हमारे ठेंगे पर। हरदेई के लिए बेटा कहो तो मुंशीजी, दामाद कहो तो मुंशीजी! भगवान बिरजा को सुखी बनाये रखे। हाँ।"

हरिया कोने में चुपचाप खड़ा था। सुनता रहा, कुछ बोला नहीं। लेकिन ज्यों ही मुंशीजी ने दरवाज़े के बाहर पैर रखा, तुरत बीच आँगन में आकर लाल-लाल आँखों से बिरजा की ओर देखता हुआ बोला, "बिरोजा के लिए एक दुअन्नी माँगी

थी। किसी की गाँठ से नहीं निकली। आज सीधे के लिए हुन्न बरस पड़ा।" किसी ने कोई जवाब नहीं दिया, तो और चीख़कर बोला, "इलम-हुनर की बात मूरख लोगों को क्या मालूम। सारंगी के मत्थे पर बिरोजा जमा दो तो आवाज में गमक भी आती है और बीच-बीच में कमानी का बाल दो बार बिरोजा पर घिसकर खींच लो, तो देखो, तार कैसा झंकारता है! लेकिन कौन चाहता है कि हम हुनर सीखें? दुअन्नी माँगी तो पहाड़ फट पड़ा। हाँ! मुंशीजी के लिए..."

"बस हरिया! खबरदार, जो एक अक्षर बोला!" हरदेइया ने डाँटा, "मुंशीजी हम लोगों के सिर-माथे पर हैं। बाप बराबर हैं। दोनों बच्चों को लिये-दिये तेरी महतारी दर-दर टुकड़ा माँगती, अगर मुंशीजी सहारा न देते। जो रक्षा करे, वही बाप। ठोकर देकर जो आधी रात निकाल दे और पतुरिया की सिड्ढी पर अफीम खाये पड़ा रहे, वो काहे का बाप! समझा! घर में रहना हो तो ठीक से रह।"

"मुंशीजी जो होंय सो होंय। हमारे तो स्वामी हैं। लड़का की तरह रहना होयगा तुझे। सिर-माथे धारण करके। एक राघो भी तो है!" बिरजा बरसों बाद पहली बार सख़्त होकर बोली।

हरिया तब तक सारंगी लेकर बैठ चुका था। आलाप खींचते हुए बोला, "माई रे! इलम-हुनर तो आता नहीं। न राघो भइया को, न तुझे। नानी सठिया गयी है। कहती है, मुंशीजी को सिर-माथे धारण करेंगे, लेकिन देख...बिरोजा को सारंगी के सिर-माथे थापते हैं, लेकिन कमानी उस पर घिस-घिसकर बाल पैनाते हैं। बिरोजा बीच से कटता जाता है कि नहीं! इलम की बात है इलम की!" और हरिया शान्त हो गया।

लेकिन ज्वालामुखी जहाँ फूटता था, फूटा। सिर्फ़ दो घण्टे बाद, साढ़े बारह बजे पाठशाला में छुट्टी की घण्टी बजी और हरदेई लड़कियों को पहुँचाने उनके घर गयी, तो मालूम हुआ कि इतनी ही देर में आग लगानेवाले अपना काम कर गये हैं। हर घर में कुछ-न-कुछ मीन-मेख हुई, लेकिन मथुरा बाबू की छुटकी पतोहू ने पूरा डंक चला दिया। आँगन में बैठी अचार के लिए बड़े सरौते से आम काट रही थी। हरदेइया पहुँची कि वह बोली, "बस-बस, उधर ही रहना। अचार के नाम पर ऐसे-वैसे की छाँह पड़ी कि गया!"

हरदेइया सन्न, धीरे-से बोली, "क्या कहती हो छोटी बहू?"

"ठीक तो कहती हूँ!" छोटी बहू चमककर बोली, "अभी तक चोरी-छिपे धन्धा चलता था। आज तो सब भण्डा फूट गया। दो-दो जवान बेटे हैं, उनके

सामने लीला करते सरम नहीं आती तेरी बिरजा को! बुढ़ाई दावँ पल्ला ओढ़ के बहुरिया बनी है। छी! छी!"

और पाण्डेजी के घर में उसे साफ़ जवाब मिल गया, "देख, कल से हमारे यहाँ मत आना। हम अपनी लड़की को ख़ुद पहुँचा देंगे। आज अपनी लड़की बेची, कल हमारी का नम्बर लगे, स्कूलवाले ऐसों को रखे क्यों हैं?"

हरदेइया घर पहुँची और बिरजा पर बरस पड़ी, "मनसेधू ने निकाल दिया तो दसासमेध डूब जाती। मनिकर्निका पर जल मरती। हमारी बुढ़ौती पर कलंक लगाने क्यों आयी?" और जब बिरजा ने रो-रोकर गठरी बाँधी और जमुनाजी की ओर चली, तो हरदेइया ने उसे चिपका लिया, "तू काहे को डूबे रे! डूबे ये पापी मुहल्ला। एक दिन जमुनाजी इसे लीलैंगी। अरे किस घर में कौन करम नहीं होते? ये छोटी बहू का मरद कानपुर की एजेन्सी में बैठा है, यहाँ ससुर के साथ जो ठेठर नौटंकी होती है, उसे कौन नहीं जानता? बड़े घर के बड़े चलित्तर! मुरदा मार के पलंग के पाँव तले गाड़ देव! हम गरीब हैं, मगर बेईमान नहीं। समझे हाँ? यही पाण्डेजी कुआँ पर दातौन करते थे और बिरजा को अवाजा-तवाजा कसते थे। हमने लड़की बेची होती तो सारा मुहल्ला निहाल हो गया होता। सब घर की सती सतवन्ती हमारी लड़की के जूठे मरदों के पाँव धो-धो के पीतीं। हमने इज्जत नहीं बेची, इसी का तेहा है न! देखेंगे कोई क्या करेगा। बेचरऊ मुंशीजी सीधे आदमी हैं न! उन्हें बोटी-बोटी करके खा जाव! हमने तो अपनी लड़की सोच-समझ के दी है। कन्यादान किया है। जिससे जो करते बने, कर लेव।"

तीसरा पहर था, मुहल्ले में सन्नाटा था। हरदेई की ललकार को किसी ने चुनौती नहीं दी और राघो स्कूल से चार बजे लौटे, उस समय तक हरदेई भी चुप हो गयी थी।

शाम को मुंशीजी कचहरी से देर से लौटे, तो उनके हाथ में लौकी के लच्छे का दोना था और दूसरे में मोटे अक्षरों में पं. रामबुझावन का हिन्दी छन्द में गीता का गुटका अनुवाद। दोना बिरजा के हाथ में देकर बोले, "दोना बच्चों के लिए ले आये। जीतलाल के यहाँ ताज़ा बना था।" और गीता राघो के हाथ में देकर उसके सिर पर हाथ रखकर बोले, "बेटा, हिन्दी में गीता है। अपनी माई को पढ़कर सुनाया कर। हम भी सुनेंगे।"

बिरजा चुप थी और घर में एक भारी सन्नाटा था। दिन में क्या हुआ, किसी ने मुंशीजी को बताया नहीं। ढिबरी जला दी गयी और राघो पढ़ने लगा, "न इसको

अस्त्र काटैंगे, न इसको शस्त्र बाटैंगे! सभी पीड़ा सहैगी यह, न आगी से दहैगी यह...'' कि हरदेई बीच में फूट पड़ी, ''और क्या, हमें कौन जलावैगा? कौन सतावैगा? जलानेवाले खुद जल जाएँगे। भगवान एक-एक से निपटैगा। अरे ये बिसन, हमारा सगा भाई, एक कोख का जाया। हमसे बोला कि केसोबाई के हाथ बिरजा को बेंच देव। ये पँडाइन हमारी रोज़ी पर लात चलाय रही...'' और हरदेइया फूट-फूटकर रो पड़ी। मुंशीजी गीता के इस अध्याय का सन्दर्भ नहीं जानते थे, अतः हक्का-बक्का कभी बिरजा को देखें, कभी हरदेई को। सन्दर्भ मालूम हुआ घण्टे-भर बाद, जब लाला भवनाथ अपनी मोटी काली काया को खींचते-घसीटते हाँफते हुए आये और धम्म से तख़्त पर बैठ गये। ऊपर-नीचे की साँस थिराते हुए बोले, ''बताते हैं...सब बताते हैं...ज़रा साँस लेने दो!''

मुंशीजी ने अपनी गुड़गुड़ी उधर बढ़ा दी।

भवनाथ इसाक मियाँ की टाल के मशहूर ख़ुशदिल हिस्सेदार, मुंशीजी के ममेरे भाई थे। काया का बेहद मोटापा उन्हें जड़ और शिथिल बनाने के बजाय और गतिमान बना गया था। हर जगह उनकी पहुँच, हर ख़बर उनके पास। और उन्होंने बताया कि सुबह से अब तक क्या-क्या हुआ है कैसे हरदेई के भाई, बिरजा के मामा बिशन उस्ताद, जो पास में ही मछलीवाली कोठी के पड़ोस में रहते हैं, उन्होंने क़सम खायी है कि ऐसे जात डुबोकर बिरजा को मुहल्ले में नहीं रहने देंगे। उस्ताद हैं, तबला-सारंगी बजाते हैं तो क्या, कथक लोग असली मिश्र ब्राह्मण हैं। मुंशीजी से उन्हें क्या लेना-देना, लेकिन आधी रात बिरजा को गँड़ासे से काटे बिना नहीं छोड़ेंगे। कैसे लच्छू लाला उन्हें लेकर मकान मालिक के पास गये हैं कि तुम लोगों को नोटिस दे दे। पाण्डेजी मनीजर साहब से मिले हैं कि भले-भले घर की कन्या लोग पाठशाला में पढ़ने आती हैं, हरदेई को छुड़ा दिया जाए। कैसे चित्रगुप्त मन्दिर में मीटिंग हुई है कि सब लोग तुम्हें समझावें और अगर तुम इन लागों को न छोड़ो, शादी-ब्याह, हुक्का-पानी बन्द!

बाक़ी सब कोठरी से चले गये थे। ढिबरी टिमटिमा रही थी। भाँटे के खेत में सियार बोलने लगे थे, भवनाथ की बड़ी लहीम-शहीम छाया मिट्‌टी की दीवार पर काँप रही थी और कोने में बिरजा सहमी-सी चुप बैठी थी। मुंशीजी गहरे सोच में पड़े थे। भवनाथ के हाथ से गुड़गुड़ी ले ली थी, लेकिन...बिरजा उठी और चिलम का अंगार कुरेदती हुई बोली, ''भवनाथ भइया! हमें संखिया ला दो। खा के सो रहें, सारी बला से फुरसत ! दोनों बच्चे अपने जाँगर के हो गये...बस ये कुशल से रहें। हमें और कुछ नहीं चाहिए।''

मुंशीजी कुछ बोले नहीं, बड़ी बेबस निगाह से बिरजा की ओर देखा। फिर

भवनाथ की ओर। पूछा, "चित्रगुप्त मन्दिर की मीटिंग में बिटौनी भी थी?"

"हाँ, बिटौनी भी, सतसहाय भी। बिटौनी तो सबसे आगे थी। सतसहाय बेचारे चुप थे। बिटौनी बोली कि हमारा सगा भाई क्या है, हमारा दुश्मन है। हम लोगों की शहर में मान-मर्यादा है। स्वराज भवन लो तो, यूनिवर्सिटी लो तो, मीटिंग जलूस लो तो, सब जगह हमारी इज्जत ली है। हमारे भाई ने तो हमारे मुँह पर कालिख लगा दी। लोगों ने कहा, तुम समझाओ, तो बोली, हम तो उन नीचों के दरवाज़े भी न जाएँ। हमारी इज्जत नहीं है क्या...मुंशी भइया, नयी मोटर पर आयी थी बिटौनी, पिछले महीने खरीदी है।"

"हूँ!" मुंशीजी गुड़गुड़ी एक ओर रखकर बोले, "भवनाथ, बिटौनी चार बरस की थी जब अम्मा मरी थीं। हमने बहन करके नहीं, लड़की करके पाला। शादी नहीं की कि गैर खून की लड़की आकर उसे सताये नहीं। चलो अब अपने घर खुश है, समाज में नाम है।...लेकिन भवनाथ, उससे कह देना कि यह देहरी तो अब बिरजा की है। राघो की है। अब तो इस देहरी के बाहर जीते-जी न मुंशीजी जाएँगे न बिरजा। जमराज बुलावेगा तभी जाएँगे। चाहे सारी दुनिया की ताकत लग जाए। समझे!"

"सो तो है ही भैया! लेकिन खतरा है। जरा सँभल के रहना। बिरजा का मामा है न बिसन, अभी दारूखाने के पास मुस्तफा पहलवान से कुछ खुसर-फुसर कर रहा था। अच्छा चलें, ये दोना काहे का है, लौकी का लच्छा!" और काँखते-कराहते भवनाथ मिठाई का दोना हाथ में दबाये चले गये...

रह गयी अँधेरी कोठरी, टिमटिमाती ढिबरी, पैंताने सहमी और कुछ-कुछ डरी हुई-सी बिरजा, खिड़की के पार बैंगन के खेत पर छाया घुप्प अँधेरा...और एक अजीब-सी आवाज़ : क्रीं क्रीं क्रीं! अकस्मात् उन्हें लगा जैसे उनका गला सूख रहा है। ऐसी आवाज़ तो साँप की होती है, उन्होंने सुना था।

"बिरजा देख, ढिबरी से, कहीं कोने-अँतरे में कीड़ा है क्या?" नहीं, कीड़ा नहीं था। लेकिन उनका गला सूखता जा रहा था। भय कहीं अन्दर का था। शायद बहुत विश्वास, बहुत साहस, बहुत चुनौती के स्वर में कही गयी हर निर्भीक बात अपने पीछे एक प्रतिध्वनि छोड़ जाती है, कमज़ोर पीले भय की। अभी उन्होंने भवनाथ से बहुत तनकर सारे जीवन को बाज़ी पर लगा देनेवाली असाधारण जीवट की बात कही थी और अब उस टिमटिमाती ढिबरीवाली कोठरी में उसकी प्रतिध्वनि गूँज रही थी, कमज़ोर, पीली, भयभीत!

सचमुच उनका गला सूख रहा था और हाथ भी थोड़े-थोड़े काँप रहे थे। उन्हें तब पता चला जब वे गुड़गुड़ी टिकाने कोने में गये और चिलम उलट गयी। लौटते हुए मुस्तफ़ा पहलवान का ख़ूँख़ार चेहरा आँखों के आगे नाच गया। खिड़की के पास खड़े हुए तो अकस्मात् ख़याल आया कि खिड़की के ठीक नीचे तुरई की लतर चढ़ाने को बाँस का टट्टर बाँधा था। कोई भी चाहे तो रात-बिरात उस पर पाँव रखकर एक छलाँग में खिड़की तक पहुँच सकता है। नीचे लतर के पास कुछ खड़-खड़ हुई, वे एकदम से चौंक गये, "कौन है रे!" कोई नहीं बोला। वे दबे पाँव गये और चौखट पर रखा एक ईंटा नीचे गिरा दिया। फदर-फदर करता हुआ बसन्तू इक्केवाले का लँगड़ा घोड़ा लतर के नीचे से दुलकी मारता भागा। मुंशीजी ने सन्तोष की साँस ली।

"बकता है भवनाथ! कोई मेरा क्या कर लेगा?" उन्होंने जैसे एक मुहिम जीतकर कहा। अभी क्षण-भर पहले उन्हें लग रहा था कि अँधेरे गें न जाने कौन-कौन गँड़ासा लेकर उनके घर पर चढ़ आया है, लेकिन अब वे आश्वस्त थे। कोई नहीं था। बसन्तू का लँगड़ा घोड़ा था।

कुछ देर सन्नाटा...फिर कोई बोला, "अब पहुँड़ रहो। तकिया बदल दें?" वे जैसे चौंक गये। कौन बोला! और तब उन्होंने देखा कि उनके पाँयताने कोई बैठा है, ढीली खाट की अदवाइन पर कथरी मोड़कर बिछा रहा है कि पाँव में गड़े नहीं! कौन है यह? शतरंजी पाड़ की मैली धोती पहने, माँग के पास कई पके बाल, आँखों के नीचे झुर्रियाँ, काफ़ी ढला हुआ-सा बदन, बड़े बेडौल-से हाथ के पंजे, बरतन माँजने से अँगूठा फटा हुआ और कत्थे चूने से फटी हुई तर्जनी और चेहरे पर एक बुढ़ाता हुआ रूखापन। जैसे फिर से पहचानने के लिए मुंशीजी ने बेमतलब कहा, "बिरजा!" बिरजा ने झटके से सिर उठाकर देखा। मुंशीजी कुछ नहीं बोले, सिर्फ़ उसे फटी-फटी आँखों से देखते रहे—हाँ, इस औरत का नाम बिरजा है। आज पन्द्रह साल से मुंशीजी रोज़ इसे देखते हैं, लेकिन इसे जानते हैं क्या? उन्हें क्या मालूम कि इस बिरजा के तन के अन्दर एक जो मन है उसमें क्या है? उन्होंने क्या जाना है? ज़्यादा-से-ज़्यादा रोज़ चिलम भरनेवाले हाथ और तमाखू दबाता हुआ अँगूठा। पानी का गिलास देते वक़्त हाथ में लाख के कड़े खड़खड़ाते हैं। शाम को अकसर जब वे बाहर तख़्त पर बैठकर हुक़्क़ा गुड़गुड़ाते हैं, तो बिरजा सामने बैठकर बीजा छीलती है और मुंशीजी कुल इतना जानते हैं कि नीम की झण्डी को बीच से फाड़कर चिमटी बनाकर उनसे बीज दबाती जाती है बिरजा, और छिलके उतारकर बीज अलग छोटी थाली में रखती है और मुँह में सुपाड़ी रहती है, कोई बात पूछो, तो नीचे का होंठ सिकोड़कर बड़े अनाकर्षक ढंग

से बोलती है। और रात को कभी नींद खुली है, तो भी उनकी आँखें नीची रही हैं और उन्होंने देखे हैं, पास सोती हुई बिरजा के दोनों पाँव। खुरदरे तलवे! अँगूठे के पास उँगलियों के बीच पानी के कारण फटी हुई खाल और मैल जमे गिलट के बड़े-बड़े बिछुए!

लेकिन ये बिछुए, ये खुरदरे मैल-भरे तलवे, बेडौल हाथ, आँख के पास की झुर्रियाँ, ये बिरजा है क्या? तो बिरजा कौन है? पैताने बैठी वह औरत? उसको वे भला सचमुच कितना जानते हैं? उस पर तो उनका उतना भी हक़ नहीं जितना बिटौनी पर था। फिर उन्होंने इतनी बड़ी बात कैसे कह दी? जब बिटौनी को नहीं जान सके वे, तो बिरजा को क्या जानेंगे? और फिर उन्हें महसूस हुआ कि बिटौनी, जिसे गोद में उन्होंने पाला, उसने आज ऐसी बात कहकर उन्हें सबसे बड़ी चोट दी है, उनसे सब छीन लिया है, और मुंशीजी बिलकुल तनहा हैं, बिलकुल अकेले! इस अँधेरी, कच्ची, असुरक्षित कोठरी में सारी दुनिया की दुश्मनाई और धिक्कार से घिरे हुए बिरजा, अनजान अपरिचित बिरजा, उनके अकेलेपन का एक दरपन है, उनकी कोठरी में लगा हुआ। बिटौनी को जिस दिन डोली में बिठाया, उस दिन से अकेले हैं और चाहे मुस्तफ़ा पहलवान से लेकर बिशन उस्ताद तक को जीवट-भरी चुनौती देने की बात हो, चाहे सारी गली-मुहल्ले की धिक्कार और धमकी की बात हो, हर मामले में बिरजा तो घटनाचक्र के कारण खिंच आती है, वरना बिरजा के होने-न-होने से कोई फ़र्क़ नहीं। ज़रूर दुनिया में कहीं कोई खोट है, जिससे मुंशीजी का मीज़ान नहीं बैठता और ज़रूर मुंशीजी में ख़ुद कहीं खोट होगा, जो दुनिया से उन्हें धिक्कार मिलनी ही थी। उन्हें अपनी कचहरी के केस याद आये। कभी ख़ामख़ाह खेत-मेंड़ के बहाने, कभी ढोर-डंगर के बहाने, ज़बरदस्त फ़ौजदारियाँ हो जाती हैं। मगर मामले की तह में उतरकर देखो, तो सिर्फ़ फ़साद ! बेमानी फ़साद। अर्थहीन तनाव और अन्तहीन...

जब तक लड़ाई का उद्देश्य स्पष्ट हो, तब तक अपने-अपने ढंग से जीवट भी आदमी को बचाता है और डर भी! मगर जब लड़ाई का अर्थ ही मालूम न हो तो जीवट और डर दोनों यकसाँ बेकार! सिर्फ़ एक खोखली थकान!

"हम जाएँ, नीचे ओसारे में बिस्तर लगा लें कि..." बिरजा कुछ-कुछ आहत-सी, कुछ परेशान-सी उठकर खड़ी हो गयी थी।

"जाओगी?" उन्होंने पूछा और अकस्मात् उन्हें लगा कि नहीं, यह ग़लत है कि बिरजा नितान्त अपरिचित है, सच तो यह है कि यह बिरजा तो है ही नहीं, उनका अपना हाड़-मांस है, नहीं तो इस वक़्त उसके जाने की बात ऐसी क्यों लगती जैसे कोई उनके प्राण खींचकर ले जाने की बात कह रहा हो। और फिर

अभी-अभी जो बेमानी लग रहे थे, वह डर और वह जीवट, दोनों एक साथ ऐसे रोम-रोम से उमग पड़े और उन्होंने लाख के खड़खड़ाते कड़ेवाले हाथ पकड़कर बिरजा को पास खींच लिया, "अब कहाँ जाना है?"

उस दिन तक क्या था, यह मुंशीजी ने कभी नहीं सोचा, लेकिन उस दिन से कुछ ऐसा पनपना शुरू हुआ, जो अभी तक नहीं था। मुंशी जी अकसर सोचते थे उसे क्या कहें, बाइस्कोप में या क़िस्सा-कहानी में जो अल्फ़ाज़ इस्तेमाल होते हैं, एक तो उनका भले आदमियों से क्या काम, दूसरे, अब बुढ़ापे में दो-दो बड़े-बड़े बेटों के होते हुए...छीः। सच तो यह था कि राघो और हरिया की फिकर सबसे पहले थी, उनके लिए घर-गिरस्ती जमानी थी, और बिरजा इस तमाम 'गिरस्ताश्रम' में उनकी हर क्षण की साथिन घरवाली! अब इस भावना को कोई बाइस्कोप या ठेठर-नौटंकीवाला नाम थोड़े ही दे सकता है! हाँ, एक लफ़्ज़ मुंशीजी को हिन्दी गीता में मिला था : 'मोह में अर्जुन पड़ा था, बीच सेना रथ अड़ा था।' सो जब गीता में भगवान ने मोह लिखा है तो मुंशीजी कभी-कभी उसी का इस्तेमाल करते थे, "बिरजा, अब तो राघो-हरिया का इतना मोह बढ़ गया है...तुम्हारे बिना भला कैसे चलता!" चिमटी से चिलम की तमाखू पलटते हुए कहते, "अच्छा है, जो बशर मोह में नहीं पड़े तो उसे भगवान भी तो शरण में नहीं लेते। बिटौनी का ध्यान कभी-कभी आता है, पर ख़ैर...!"

वैसे हरिया ने उस दिन आकर बताया, तो किसी को यक़ीन नहीं हुआ। उसके बताने का ढंग भी तो कितना टेढ़ा था! बाहर से झूमता आया और बोला, "नानी, ओ नानी रे! लाला भवनाथ आकर सब गप्प मार जाते हैं। इनका कहा कुछ भी तो सच नहीं। न घर पर किसी ने हल्ला बोला, न मुस्तफ़ा पहलवान ने मुंशीजी को छुरा भोंका!"

"अरे जबान सँभाल हरिया! यही चूल्हे की लकड़ी से झौंस दूँगी मुँह।" हरदेई ने डाँटा।

"सच रे नानी ! भवनाथ लाला कहते थे कि बिटौनी की गाड़ी का रंग हरा है। झूठ। धानी रंग है रे। रंग पहचानना इलम की बात है। न कचहरी से आती है, न इसाक मियाँ की टाल से। लाला-लूली का इलम-हुनर से क्या काम?"

"कहाँ देखी गाड़ी तूने? बिटौनी बुआ आयी है क्या हरिया?" बिरजा ने पूछा।

"बुआ न पुआ। काहे की बुआ! हमारी कोई बुआ-उआ नहीं। हम ठहरे पण्डित हरिराम मिश्र...वो कायस्थ..."

और इतने में दरवाज़ा खुला और बिटौनी छोटी बच्ची का हाथ थामे अन्दर : "ए, भैया हैं हमारे कि कचहरी गये?" घर तो घर, सारे मुहल्ले में शोर मच गया। बिटौनी आयी है। मथुरा बाबू की छोटी बहू ने ताक-झाँककर गाड़ी देखी और मुँह बिचकाकर बोली, "उँह, मिट्टी के तेल से चलती है। हमें तो बास आती है।" पँडाइन ने छोटी लड़की को भेजकर कहलाया, "जरा गाड़ी में बैठने के पहले मिनट-भर को हो लें।"

मुंशीजी कचहरी जा चुके थे। बिटौनी उठ खड़ी हुई। हरदेई बोली, "बिटिया, भैया के घर आयी हो, बिना मुँह जुठारे कैसे जाओगी?"

"हमारा बरत है आज!" बिटौनी बोली, "भैया से कहना कि कुछ जायदाद ले रहे हैं हम लोग। बैनामा भरोसे का लिखवाना है और ज़रा झगड़े की ज़मीन है तो जरा कागज-पत्तर देख लें। इनसे दफ्तर में मिल ले कभी!" और पँड़ाइन की बेटी से मुड़कर बोली, "चल टुन्नी, बड़ी प्यास लगी है, तेरे घर एक गिलास पानी तो पिएँ।"

थोड़ी देर बाद जब बिटौनी की गाड़ी स्टार्ट हुई तो फिर मथुरा बाबू की छोटी बहू ने झाँका और धोती से नाक दबाये आकर बैठ गयी, "मरी! मट्टी के तेल से चलती है। इससे तो हमारा ताँगा भला! मोटर दिखाने आयी थी!"

बिटौनी की मोटर बिरजा को फली। दोपहर को ही छोटी बहू ने कान्फ्रेंस बुलायी, तय पाया गया कि बिटौनी की वही हालत है कि "अधजल गगरी छलकत जाय।" घूस का पैसा आदमी ने जोड़ा, तो गाड़ी पर उड़ने लगी। पँड़ाइन को चेतावनी दी गयी कि ख़बरदार जो आगे कभी पानी को पूछा। ऐसी अमीर बनती हैं तो प्यास बुझाने के लिए सड़क पर छिड़काव करनेवाली म्युनिसिपैलिटी की गाड़ी अपनी मोटर के पीछे बँधवा लें, हाँ!

ज़ाहिर है कि अगला महत्त्वपूर्ण क़दम था, बिरजा और मुंशीजी के लिए हमदर्दी। अरे बेचारे ग़रीब हैं तो क्या, सिर झुकाकर चलते हैं। अब आदमी ने लात मारकर निकाल दिया, तो बेचारी औरत जात क्या करे? ठाँव-कुठाँव पैर रखने से तो भला है कि एक मरजाद बाँधकर बैठे। अपने बच्चों का भी तो मुँह देखना है। क्या सगा बाप करेगा जो मुंशीजी राघो के लिए करते हैं! अपने तन-बदन का होश नहीं लेकिन मजाल कि राघो कभी मैले कपड़े पहनकर स्कूल जाए। आठ रुपये महीने का तो अँगरेज़ी का मास्टर रखा है। बेचारे ग़रीब हैं, मगर आनवाले हैं।

दूसरे दिन सवेरे पँड़ाइन की बिटिया टुन्नी स्कूल जाते समय स्लेट-तख़्ती लटकाये हुए आयी और बोली, "बिरजा मौसी, अम्मा ने कहा है कि दोपहर को

मथुरा बाबू की छत पर आ जाना। जरा बड़ी-मुँगौड़ी तुड़वानी है।'' बिरजा को पहले तो कानों पर विश्वास ही न हुआ, फिर उसे मारे खुशी के ऐसी रुलाई उमड़ी कि चूल्हे के ही पास बैठकर फफक-फफककर रोने लगी। मुंशीजी कचहरी न चले गये होते, तो उनके पाँव धो-धोकर जल माथे चढ़ाती।

शाम को मुंशी जी लौटे और कपड़े बदलकर गुड़गुड़ी लेकर तख़्त पर बैठे, तो बिरजा आकर सामने नीचे बैठ गयी और छिले हुए बीज पछोरती हुई बोली, ''अब सब लोग जान गये हैं कि हमारे मुंशीजी कैसे देवता सवरूप हैं। आज छोटी बहू कहती थीं...'' और उसने दोपहर की सारी गाथा पुलक-पुलक बतायी। मुंशीजी के चेहरे पर एक धीर सन्तोष झलक आया। चारों ओर देखा, फिर धीरे-से एक हाथ बिरजा के सिर पर रखकर बोले, ''सब तेरी तपस्या है। गीता रोज़ सुनती हो न?''

आज की हमदर्दी और सबकी स्वीकृति ने बिरजा के मन को बहुत भर दिया था। वह कहीं भी कंजूसी क्यों दिखाए? मुंशीजी से बोली, ''बिटौनी बीबी कह गयी थीं...सतसहाय बाबू के दफ्तर गये थे क्या?''

''नहीं।''

''क्यों?''

मुंशीजी कुछ भी नहीं बोले। एक मुख़्तसर-सी ठण्डी साँस। बिटौनी के इस तरह से आने से उनके मन को कोई चोट लगी थी, जो बिटौनी के विरोध से भी नहीं लगी थी।

मुंशीजी का मन विद्रोह चाहे न कर पाए, लेकिन स्वाभिमानी था। उन्हें अन्दर-ही-अन्दर कहीं यह बात कचोट गयी थी कि आख़िरकार बिटौनी ने भी यही माना कि भैया ग़रीब हैं, अतः जैसे चाहो इस्तेमाल कर लो। मुहल्ले की स्वीकृति जो बिरजा को इस तरह उल्लसित कर गयी, उन्हें ज़्यादा नहीं छू पायी। उन्हें लगा कि मुहल्ला बिटौनी की अमीरी से आतंकित होकर उनकी ग़रीबी को भलमनसाहत का पर्याय मानकर उन्हें स्वीकार कर रहा है, ताकि बिटौनी द्वारा आहत मुहल्ले का अहम् उन्हें ग़रीबी के कारण क्षमा देकर सन्तुष्ट हो सके। इसलिए जब रात को बिरजा राघो से गीता सुन रही थी और राघो पढ़ रहा था : ''मोह में अर्जुन पड़ा है, बीच सेना रथ अड़ा है।'' तो उन्हें लगा कि अर्जुन बेचारा कितना ग़रीब है। उसे न युद्ध से कुछ लेना-देना, न मेल-मिलाप से। बिलकुल मुंशीजी की तरह। एक ओर नये उभरते अमीरों की सेना खड़ी है। उसमें बिटौनी है, सतसहाय है, चित्रगुप्त मन्दिर के और कई वकील, अफ़सर हैं। दूसरी ओर उखड़ते-पुखड़ते अमीरों की सेना खड़ी है, जिसमें मथुरा बाबू हैं, छोटी बहू हैं, पाण्डेजी हैं। दोनों ओर से तीर चल रहे हैं। बीच में खड़े हैं मुंशीजी जिनको हमदर्दी

और स्वीकृति का तमग़ा मिल रहा है, लेकिन उनका मन खिन्न है। बिरजा ख़ुश है, ख़ुश रहे! मुंशीजी अँधेरे में खिड़की से बाहर देखते हुए पूछ रहे हैं, "हे जसोदानन्दन, रिपुसूदन! हम इस सबका क्या करें?"

और बड़ी देर की खिन्नता के बाद उनका ध्यान जसोदानन्दन के बालरूप पर गया और उन्होंने देखा कि बिरजा गीता सुनकर जा चुकी है और ढिबरी के पास बैठा राघो धीरे-धीरे जुगराफिया रट रहा है। भोला मुखड़ा एक लट माथे पर। धीरे-धीरे हिलते होंठ। उनका मन उमग आया। इम्तहान पास है। इसके लिए एक टिकिया मक्खन सवेरे-सवेरे बँधवा दें। कैसा दुबला गया है। और लम्बा कितना हो गया है। खपरैल छूता है। अब तो बहू घर में आए। वकील साहब ने कहा है कि पास हो गया, तो तुरत कहीं लगवा देंगे।

और सारा संशय शान्त हो गया। कुछ भी हो, राघोराम को सब प्यार करते हैं। सारा मुहल्ला! क्या हुआ जो उन्हीं की क़ायम की हुई 'बजरंग स्वामी न्यू टेम्पुल कमेटी' ने रामनवमी मनायी, तो उन्हें नहीं बुलाया, लेकिन राघोराम पर सारा ज़िम्मा था कि लाउडस्पीकर भी लगवाए और भजन के रिकार्ड भी छाँटे। शाम को आरती के समय गये। पाण्डेजी ने कहा कि यह तो सब तुम्हारी माया है मुंशीजी, ऊपर तख्त पर आकर बैठो। पर मुंशीजी नीचे दरी पर ही बैठे, और निहाल होकर देखते रहे कि कैसे राघो तख़्त पर चढ़कर मसनद पर झुककर मथुरा बाबू से पूछ रहा है कि राधेश्याम की रामायणवाले रिकार्ड लगाए कि रघुपतिराघव कीर्तनवाला। हे बजरंग स्वामी, राघो को खूब-खूब सुख-सन्तोष देना। मुंशीजी ने आरती के समय मलका विक्टोरियावाला रुपया थाली में डाला और प्रसाद लेकर चले आये।

यह बात नहीं कि मुंशीजी के मन में हरिया के लिए ममता न हो, लेकिन हरिया ज़रा कठिन जीव था। पहले वे उसे कचहरी जाते हुए एक दुअन्नी रोज़ देकर जाते थे, लेकिन बाद में उसने नानी से कहा कि महीना-महीना पाँच रुपये बाँध दें मुंशीजी, रोज दुअन्नी क्यों देते हैं? हरीराम मिश्र कोई मँगते फकीर हैं? मुंशीजी को यह भी मालूम हुआ कि इस पाँच रुपये में से अब हरिया बीड़ी भी फूँकने लगा है, पर उन्होंने कभी कुछ कहा नहीं, लेकिन उस दिन उन्हें गुस्सा आ ही गया। कल्यानी देवी के मन्दिर में किसी ने सिंगार कराया था और उसी के बाद चौधरी साहब की बगिया में चैती की महफ़िल जमी थी। चैती गाने बनारस से विद्याधरी आयी थीं। हरिया रात-भर ग़ायब रहा। ख़ैर, यह भी कोई बात नहीं, लेकिन दूसरे दिन कचहरी गये और राघो की नौकरी के लिए वकील साहब से

बात की, तो वे बोले, ''बड़े चौधरी से बात की थी, कल महफ़िल में वे भी थे। उनको गऊघाटवाली ड्योढ़ी भेज देना। अभी अस्सी रुपये देंगे।''

मुंशीजी को जैसे कहीं का धन मिल गया। आख़िर राघो अपने पाँव पर खड़ा हो गया। मेरा बेटा! मेरा लाल! हे गंगा माई! अबकी माघ मेले में बिरजा के साथ जाकर महीने-भर कल्पवास जरूर करेंगे। हरदेई भी कब से कह रही है।

उन्होंने बहुत झुककर वकील साहब को प्रणाम किया, ''आप ही का बच्चा है हुजूर!'' और चलने लगे तो वकील साहब बोले, ''मुंशीजी, आपका छोटा बच्चा बड़ा गुनी है। कल महफिल में क्या सारंगी छेड़ी है! चौधरी साहब ने दो रुपये बख़्शीश दी। पूछ रहे थे कि राघो इसी का बड़ा भाई है?''

मुंशीजी को जैसे धक्का लगा। राघो की क्या इज़्ज़त रहेगी अगर हरिया के ये करम रहे तो! घर जाते ही या सारंगी टूटेगी या हरिया की हड्डी-पसली। बिलकुल तय!

लेकिन घर पहुँचते-पहुँचते हरिया की बात ख़याल से उतर गयी। जाते ही बड़े प्यार से कोट उतारकर बिरजा को थमाया और बोले, ''अब तो कमाऊ पूतवाली हो गयी! कल से राघो नौकरी पर जाएगा।''

बिरजा कोट खूँटी पर टाँगते हुए पुलककर बोली, ''सच ! तब तो अम्मा से कहें...गोपीगंजवालों से बात चलावें।''

मालूम हुआ कि कई हफ़्ते से बिसन मामा के यहाँ से सन्देश आ रहा है कि गोपीगंजवाले गोविन्द महाराज अपनी बिटिया के लिए राघोराम को देखना चाहते हैं। हरदेई से खुद बरसों बाद अनबोला तोड़कर बिशन उस्ताद ने बात की है।

''तो क्या हरजा है? बहू आवे, घर-बार सँभाले, तो हम-तुम बदरीधाम हो आवें!'' मुंशीजी बड़े सन्तुष्ट स्वर में बोले, ''भगवान ने निभा दिया बिरजा, वरना हमारी-तुम्हारी क्या बिसात! वकील साहब ने बड़े चौधरी से बात की...'' और अकस्मात् उन्हें हरिया की बात का ख़याल आ गया, तो भौंह सिकोड़कर बोले, ''अब ये हरिया मुजरे में संगत करने लगा है। कल रात सारंगी बजाकर नाम डुबोने गया था। कह देना उससे कि हड्डी तोड़ेंगे एक दिन, हाँ! एक राघो भी तो है!'' ख़ैरियत हुई कि हरिया उस समय था नहीं। मण्डली को गाड़ी पर चढ़ाने रामबाग़ स्टेशन गया था।

दूसरे दिन मुंशीजी ने अपने सामने राघोराम को तैयार कराया। धोबी का धुला पाजामा, कमीज़, ऊपर से सूती कोट। धारीदार सूती मोजा, बूट, जूता, और हाथ में काला सूरज-छाप थैला, जिसमें पैन्सिल, कलम, निब और कॉपी। हरदेई ने दही-पेड़ा खिलाया और माथे पर भी दही का टीका, ''बाप के पैर छू ले बेटवा!

सबकी नैया पार लगायी मुंशीजी ने। हम लोगों के लिए तो भगवान हैं।''

और तीसरे पहर तो बिरजा हँसते-हँसते लोटपोट हो गयी। तीन बजे के आसपास हाँफते-हाँफते लाला भवनाथ आये। पीछे मजूर के सिर पर नया खपड़ा। बोले, ''लो सँभालो बिरजा भौजी! मस्सुर कुम्हार के यहाँ से खुद चुनकर मुंशीजी ने खपड़ा भिजवाया है।''

''खपड़ा?'' बिरजा को ताज्जुब हुआ।

''हाँ, भौजी! राघो को लड़कीवाले देखने आवेंगे न, तो नयी छवाई तो कर लो। मर गये। मजूर के साथ-साथ पैदल आये हैं। कुछ शर्बत-वर्बत तो बनाओ भौजी!''

''भवनाथ लाला! तुम्हारे भैया अब सठियाने लगे।'' बिरजा मुक्त कण्ठ से खिलखिलाकर बोली, ''अरे लड़कीवाले देखने आनेवाले हैं, तो क्या कोई बन्दर लंगूर हैं कि आके खपड़ैल पर बैठेंगे! अक्कल मारी गयी है इनकी तो!'' और बिरजा देवर भवनाथ के आगे हँसी से लहालोट हुई जा रही थी, इस कल्पना से कि समधियाने के लोगों के लिए मुंशीजी ने नया खपड़ा ख़रीदा है। भवनाथ से कभी उसने सीधे मुँह बात भी नहीं की थी। लेकिन शर्बत तो दूर, उसने पीढ़ा डालकर देवर को सामने बिठा लिया और दाल-भरी परौंठियाँ सेंक-सेंककर खिलायीं। ठीक छह बजे गये भवनाथ।

इधर भवनाथ का जाना था कि उधर सारंगी लटकाये, रूखे बाल, सूखे मुँह, चप्पल चटकाते हरीराम मिश्र का प्रवेश हुआ। बिरजा ने आज बरसों बाद पहली बार हरीराम से कहा, ''आओ यहीं पीढ़े पर बैठ जाओ। परौंठी सिंक रही हैं। सुबह से कुछ खाया?''

''क्यों नहीं? बिशन नाना के यहाँ विद्याधरी और पूरी मण्डली की ज्योनार थी।'' हरिया बड़े उत्साह में था। पहली बार महफ़िल में संगत की थी और वह भी विद्याधरी के गायन में। एक-एक परौंठी के दो-दो कौर बनाकर पानी से गटकता हुआ बोला, ''माई रे! सोनपुर के मेले में मोम की नकली औरत मिलती है क्या? तू राघो का बियाह कर दे। मैं मूरख नहीं बनने का!''

''क्या मतलब?'' बिरजा ने खिलखिलाते हुए पूछा।

''मतलब क्या! स्टेशन पर मण्डली को बिदा करने बहुत-से लोग आये थे। बिशन नाना थे, अनवर अफ़ीमची था, जग्गू बेंजोवाला था, तो सब बोले कि राघो भैया ने बिरादरी का नाम जहान में रोशन किया है। एफ. ए. पास करके अफसर बने हैं। अब गोपीगंजवालों के यहाँ ब्याह भी होगा।''

''तो इसमें मोम की औरत की क्या बात?''

''कुछ नहीं, जग्गू बेंजोवाले की नाना से लगती है न। तो उसने उन्हें छेड़ा

कि ब्याह-बरिच्छा में राघो के कौन-से बाप जाएँगे, तो सब लोगों ने डाँटा और कहा कि गोपीगंजवाले बोलते हैं कि उनके घर का पचड़ा वे जानें, पर शुभ काम में मुंशीजी को नहीं आने देंगे। खून बह जाएगा, लाठी चल जाएगी, लहास-पर-लहास पड़ जाएगी! बिरादरी है, कोई मजाक नहीं। ला एक परोंठी और दे...''

और तब हरी ने देखा कि बिरजा जाने कब तवे पर परौंठी जलती छोड़कर दीवार से टिककर रो रही है। हरिया व्याकुल हो उठा, भरे-भरे गले से बोले, ''माई रे! रोती काहे को है? हमने तो सबसे कह दिया कि हमारी नानी बड़ी लड़ाका है। मुंशीजी जाएँगे तभी बारात जाएगी, नहीं तो गोपीगंजवाले हों, चाहे बिलायतगंजवाले हों, नानी राघो भैया का ब्याह करेगी ही नहीं। तो इस पर अनवर अफ़ीमची बोला कि ठीक है...नकली बाप जावेगा तो गोपीगंजवाले नकली बहू विदा कर देंगे। मोम की औरत मिलती है सोनपुर के मेले में। सच रे माई!''

''चुप रह निपूते, राच्छस...'' बिरजा आँसू पोंछकर फटे गले से चीख़कर इधर मुड़ी कि देखा दरवाज़े पर मुंशीजी खड़े थे स्तब्ध। पत्थर की तरह! ज़रूर उन्होंने सारी बातें सुनी थीं। चेहरा जैसे स्याह...भीगा कोयला। बिरजा उठी और उनके पाँव के पास बैठकर फफक-फफककर रो पड़ी।

राघो अभी पहले दिन की नौकरी से नहीं लौटा था।

हरिया की बात के बाद उस दिन देहरी पर खड़े मुंशीजी के पाँवों के पास बिरजा का रोना जो शुरू हुआ था, तो उस दिन की साइत थी और आज की साइत, कि लगता था अब कभी हँसने-बोलने के दिन आएँगे ही नहीं। आख़िर मुंशीजी को हो क्या गया? न खाना न पीना। एक लकड़ी होती है जो जलकर कोयला होती है। एक मुंशीजी का चेहरा था कि हरिया की बात सुनकर पहले एकदम स्याह जैसे भीगा कोयला और फिर उस दिन से जैसे काठ। बिरजा लाख जतन करके हार गयी, लेकिन न दुःख, न गुस्सा, न कुछ पूछना, न बताना, बस कचहरी से गड्ड-के-गड्ड काग़ज़ लाना और ख़ुशख़त उर्दू में नक़ल करते जाना। राघोराम चिलम भर दे तो ठीक, बिरजा से तो चिलम भी भरने को नहीं कहना! दो टुकड़ा तोड़कर भरी थाली छोड़कर उठ जाना, वह भी अगर हरदेई फुलका सेंकें तो। अगर बिरजा रसोई में हो तो गुड़गुड़ी लिये-दिये मुंशीजी बजरंग स्वामी के चौतरे पर। बिरजा को कुछ मालूम तो हो कि आख़िर उसका क़सूर क्या है, बिशन मामा तो शुरू से ख़ार खाये बैठे हैं, हरीराम हाथ से बाहर है, जो मन में आता है सो बकता रहता है। बिरजा बेबस होकर मुंशीजी ही के पाँव पकड़कर रो सकती है सो मुंशीजी

ने अपने को ऐसे खींच लिया है कि बस...

कैसा उछाह था उसके मन में राघोराम की नौकरी का! कटपीस की दुकान से लट्ठे का कपड़ा ख़रीदकर लायी थी। मथुरा बाबू की छोटी बहू के यहाँ हाथ की मशीन लेकर दर्ज़ी बैठता था उससे दो पाजामे सिलवा लायी थी। लेकिन मुंशीजी की हालत देखकर हिम्मत नहीं पड़ती थी कि राघोराम को पहनाकर भेजे। मगर तीसरे दिन नहीं रहा गया। जब मुंशीजी ही बिलकुल काठ हैं तो बिरजा में कोई उमंग थोड़े ही थी बेटे की दुलार-मनुहार करने की, लेकिन असल बात यह थी कि दर्ज़ी ने कहा था कि कहीं कुछ झोल-झाल रह गया हो तो दो-तीन दिन में आकर ठीक करा लेना, बाद में फिर वह कुछ नहीं करेगा। उस दिन सुबह वह पाजामा निकालकर लायी। राघोराम को पहनाया। हाय! लड़का बिलकुल बड़े मुख़्तार की तरह लग रहा था पाजामा पहनकर। दर्ज़ी ने अलीगढ़ काट का सिला था। मुंशीजी कचहरी के लिए तैयार हो रहे थे। बिरजा ने पास जाकर अनबोला तोड़ने की फिर कोशिश की, "सुनते हो! राघोराम कैसा लग रहा है! नयी चाल का पाजामा है।" मुंशीजी ने आँख उठाकर देखा, कुछ बोले नहीं। बिरजा और पास जाकर थोड़ी रसिकता से बोली, "बिलकुल मुंशी लगता है। मुंशी का बेटा मुंशी। निगोड़े पर पाजामा कैसा सजता है, धोती में गबादू लगता है न?" मुंशीजी के होंठ कुछ हिले, ममता से, वात्सल्य से, आँख में एक चमक आयी, पुलक की, अभिमान की, और फिर अकस्मात् बुझ गयी। वही स्याह भीगा कोयला...उस दिन कचहरी जाते समय बिरजा से खैनी-तमाखू का बटुआ भी नहीं माँगा।

बिरजा ने जैसे-तैसे तरकारी-भात के दो-चार कौर निगले ही थे कि उसकी निगाह ताख पर रखे हुए बटुए की ओर पड़ गयी। उसने भरी थाली सामने से खिसका दी और हरदेई के आगे जाकर भभक पड़ी, "अब तो हमारे हाथ की खैनी-तमाखू भी जहर हो गयी मुंशीजी के लिए। हमने क्या किया है कोई बताए तो कि बस कुत्ता-बिल्ली हो गये कि बस दुरदुराते रहो! तुम भी घर में हो, चौबीस घण्टा देखती हो कि मुंशीजी के आगे-पीछे निहोरा करते घूमते रहते हैं। अब हरीराम बदनामी बके तो हमारा कसूर? ऐसा तोताचसम आदमी किस काम का? या तो सिर पर चढ़ाकर रखे या..."

"यही तो गलती है न उसकी!" हरदेई जो चुपचाप सुन रही थी, अब बोली, "सर चढ़ाई डोमनी गावे ताल बेताल! सिर पर चढ़ाये हैं मुंशीजी, तभी भभक रही हो। चार दिन नहीं बोला तो क्या हो गया! मरद मनसेधू है। दुनिया जहान की फिकर सिर पर रहती है। फिर सारी बिपता मोल लेकर तुम्हें तुम्हारे बच्चों को सहारा दिये है, तो चुप न रहे तो क्या सातों पहर तुम्हारी आरती उतारा करे! हमारा

मगज मत खाओ। जाओ यहाँ से।''

बिरजा चुप हो गयी। फिर कोने में जाकर बोली, ''कोई कसूर हो तो मार लें, पीट लें, काट के खेतवाले कुएँ में फेंक दें। अगर उफ करें तो कहो। अब राघोराम ने क्या बिगाड़ा है? बेटा समान है। चौबीस घण्टे सेवा में लगा रहता है। उससे भी चित्त फेर लिया है।''

हरदेई कुछ नहीं बोली। बिरजा थोड़ी देर आँगन में उठा-धरी करती रही, फिर पास आकर बोली, ''गोपीगंजवाले कितनी दफे कहला चुके हैं! मुंशीजी का रुख मिले तो बात करें। अब क्या राघोराम बुड्ढा हो जाएगा तब बहू आएगी?''

''उँह! अब मिल का भोंपू बोलना शुरू हुआ तो बन्द थोड़े होगा! चार मिनट चैन से घर में बैठना मुश्किल है!'' हरदेई उठकर बाहर चल दी, ''बहू आवे चाहे भाड़ में जाए। तुम जानो, तुम्हारा लड़का जाने, मुंशीजी जानें। हमसे मतलब?''

हरदेई बाहर जाकर फिर लौटी, दरवाज़े से झाँककर बोली, ''हम पाठशाला जा रहे हैं। लेकिन कहे जाते हैं कि दामाद कहो तो, बेटा कहो तो, हमारे लिए जो हैं सो मुंशीजी हैं। अगर उनका परान माठा करने पर तुली तो हमसे बुरा न होगा। हाँ!''

''कैसे नहीं होगा! हम तो आज निपटारा करके मानेंगे। ऐसे दुत्कार सह के हमें घर में नहीं रहना...'' लेकिन बिरजा की घोषणा सुनने के पहले हरदेई भड़ से किवाड़ बन्द कर चली जा चुकी थी...

जिस घर में ज़िन्दगी गुज़ार दो, अकस्मात् कभी-कभी एक क्षण के अन्दर वह घर कितना अजनबी लगने लगता है! किवाड़ बन्द होते ही बिरजा नल के पासवाले पत्थर पर बैठ गयी और एक बार उराने चारों ओर की दीवारों, दरवाज़ों, आँगन को निगाह घुमाकर देखा। गरमी की दोपहर ढलते-ढलते घर कैसा भाँय-भाँय करने लगता है! उसे लगा जैसे आँगन धूप से जल रहा है, दीवारें जल रही हैं, हर कोठरी में से आग की भभक निकल रही है और उसके बच्चे उसे इस भट्ठी में झोंककर चले गये हैं। उसकी माँ, इस भट्ठी का दरवाज़ा भड़ से बन्द करके चली गयी है। बिरजा क्यों है यहाँ? किसलिए? और बीच में गुज़ारे हुए तमाम वर्ष, उतरती धूप की तरह पता नहीं कहाँ चले गये और उसे याद आया कि ठीक इसी तरह एक गरमी की दोपहर को हरीराम को गोद में लेकर, राघो का हाथ पकड़कर, एक गठरी बग़ल में दबाकर वह किसी एक घर का दरवाज़ा ठीक इसी तरह भड़ से बन्द करके चली आयी थी।

उस दिन माँ के घर का यह आँगन माथे पर शीतल लेप की तरह लगा था। मुंशीजी वहाँ बैठे थे मचिया पर। उसी आले के नीचे जिसमें खैनी-तमाखू का बटुआ था। कैसा भरा-भरा चेहरा था तब! कोई अब जैसा थोड़े ही था, बिलकुल काठ! हरीराम को मचिया पर लिटाकर खुद अन्दर चले गये थे। और बिरजा को लगा जैसे सारा घर भभक रहा है, लेकिन उस जगह कोई पेड़ झुककर छाँह कर गया है। शीतल, सुहावन। बिरजा अनजाने में ही उठी और जाकर उसी जगह बैठ गयी। अब उसकी आँख के आगे मुंशीजी का काठ जैसा सूखा निष्प्राण चेहरा था और जिधर उसकी निगाह उठती थी—आँगन में गोबर लिपी दीवारों पर, देहरी पर—बस वही चेहरा...और बिरजा को लगा कि यह धधकती भट्ठी नहीं! यह तो उसका अपना घर है, वह है इसलिए यह आँगन है, दीवारें हैं, छत है। अभी तो हरदेई दरवाज़ा बन्द करके चली गयी, राघोराम भी बन्द करके चला जाए, कल को मुंशीजी भी बन्द करके चले जाएँ तो भी बिरजा क्या कर सकती है! वह बस यों ही बैठी रहेगी इन्तज़ार में कि जब जो भी वापस आए, वह दरवाज़ा खोलकर उन्हें वापस सहेज ले। वह अब भला कहाँ जा सकती है! यह काठ जैसा निगोड़ा चेहरा जिसके मारे वह चार दिन से मरी जा रही है, घर के चप्पे-चप्पे से उसे जकड़े हुए है। वह क्या निपटारा करेगी मुंशीजी से? शाम को थके-हारे आएँगे, दिन-भर खैनी-तमाखू भी नहीं मिलेगी। क्या करे वह, हरिया होता तो उसे बटुआ देकर कचहरी भेज देती। बिना तमाखू-सुरती के उनका घण्टा-भर काम नहीं चलता।

और फिर अपने विद्रोह के सामने खुद हारकर बेहाल-सी बिरजा उठी और नल के पास जाकर अँजुली भर-भर पानी लेकर छपाछप मुँह पर मारने लगी, ''बड़े आये मुंशीजी! बाँध के डाल दिया है इस घर में! कौन होते हैं हमें बाँधनेवाले! कचहरी में जमानत-मुचलका ले के चोर-गिरहकट को बाँधने की आदत पड़ गयी है। मगर हमें सीधा न समझें!''

''अरे भौजी! नहा रही हो तो अन्दर न आवें?'' लाला भवनाथ दरवाज़े से ही खँखारे, और कल्पना में तथाकथित नहाती हुई भौजी अनुमति दें इसके पहले ही पसीने से तर-बतर लाला भवनाथ धौंकनी की तरह हाँफते हुए आये और तख़्त पर बैठ गये, ''बस भौजी! अब तो हम तभी उठेंगे जब तुम कसम खा के कहोगी कि जो हमने सुना है सब झूठ है।''

''सुना क्या है, पहले बताओ तो!''

भवनाथ ने बताया तो बिरजा के पाँव तले से ज़मीन खिसक गयी। मालूम हुआ कि बिटौनी के पति सतसहाय कई दिन पहले कचहरी गये थे और उन्होंने सब वकील-मुख़्तारों को बताया कि चूँकि अब राघोराम की नौकरी लग गयी है

इसलिए बिरजा अलग रहने जा रही है, नहीं तो राघोराम की शादी में बाधा पड़ेगी। सतसहाय को बिटौनी ने बताया था, बिटौनी को टुन्नी की माँ पँड़ाइन सवेरे जमुनाजी पर मिली थीं। पँड़ाइन को बिशन उस्ताद के यहाँ से मालूम हुआ था। बिशन उस्ताद को मथुरा बाबू के दर्ज़ी ने बताया था। अब तो राघोराम के कपड़े तक मुंशीजी नहीं सिलवाते।

और अब बिरजा का चेहरा स्याह था, बिलकुल उसी तरह भीगे कोयले के मानिन्द।

मुंशीजी लौटकर आये तो घर क़रीब-क़रीब अँधेरा पड़ा था। सिर्फ़ चौके में ढिबरी जल रही थी और हरीराम कहीं जाने के लिए तैयार हो रहा था। उसी ने मुंशीजी को बताया कि नानी (हरदेइया) को बिशन नाना ने बुलाया है। आज उनके यहाँ जमकर महाभारत होयगा। नानी भी गाली देती हुई कमर कसकर गयी है, राघोराम बाइस्कोप देखने गया है, सरकारी मोटर चौराहे के पास आयी है, मुफ्त में बाइस्कोप दिखाती है जिसमें मच्छर मारने और सफ़ाई करने का सीन है, माई (यानी बिरजा) ऊपर मुंशीजी के कमरे में चादर ओढ़े पड़ी है। उसे बुख़ार आया है। हरीराम मिश्रा मुंशीजी से इतने आदर से बोल रहे थे कि इतने दिनों की भावशून्य जड़ता में भी मुंशीजी के चेहरे पर कुतूहल जाग गया। वे ऊपर अपनी कोठरी में जाएँ कि इसके पहले हरीराम पास आये और बोले, ''क्या नौकरी ही सब-कुछ होती है, इलम-हुनर कुछ भी नहीं? सारंगी बजाना कोई खेल नहीं। भैया पढ़-लिख गये तो माई दर्जी के पास जाकर दो पाजामा सिलवा लायी, हमने कै बार कहा कि सारंगी पर धूल जमती है, एक खोल बनवा देते तो बहरी बन गयी।''

मुंशीजी ढिबरी की हल्की रोशनी में एक क्षण हरिया को देखते रहे, फिर जेब से एक रुपया निकालकर हरी के हाथ में रख दिया। हरी के चेहरे पर चमक आ गयी। लेकिन किसी मुंशी-उंशी का अहसान वे अपने ऊपर एक क्षण को भी नहीं रखते। तुरत एवज़ में असली ख़बर बताते हुए चल दिये, ''कल सुबह गोपीगंज से भैया के देखनेवाले आ रहे हैं। बिशन नाना ने कहलाया है कि आज रात से ही दो-तीन दिन के लिए मुंशीजी चाहे बिटौनी के यहाँ चले जाएँ चाहे भवनाथ के यहाँ। एक बार बात तय हो जाए फिर आ जाएँ। बारात में उनके जाने की जरूरत नहीं। बिशन उस्ताद खुद जाएँगे नाती के ब्याह में।''

मुंशीजी ऊपर अपनी कोठरी में जाने के लिए सीढ़ी चढ़ने लगे तो लगा एक-एक पैर में सौ-सौ मन का पत्थर बँधा है।

कोठरी में अँधेरा था और गरमी की शाम की उमस। उन्होंने दीया नहीं जलाया। कोट-कमीज़ उतारकर अन्दाज़ से खूँटी पर टाँग दिया और खिड़की के पास बैठ गये। बिरजा न हिली न डुली। यह भी पता नहीं कि सो रही है कि जग रही है।

अँधेरा, ख़ामोशी, सिर्फ़ खरपैल के बाँसों में लगे घुनों की अनवरत आवाज़ कर्र-कर्र।

क्या आदमी के तन-मन में भी कोई घुन लगा रहता है? बाहर से चाहे कुछ न बदले लेकिन अन्दर से कुछ कहीं घुन की तरह उसे खाता रहता है और एक दिन बाहर के जिस बोझ को वह उछालकर फेंक देता है एक दिन वही आदमी उसी बोझ के नीचे घुन खाये बाँस की तरह पिचक जाता है।

अँधेरे में बाहर की आँख न देखे लेकिन मन की आँख ज़्यादा साफ़ देख लेती है क्या? मुंशीजी को लग रहा है कि न इस समय उन्हें मोह है न दुःख, डर है न क्रोध, ममता है न खीज; वे बस देख रहे हैं इस अँधेरे में क़ैद दो प्राणियों को। राघोराम उस दिन हिन्दी गीता में से पढ़ रहा था, "रात आयी सो गये सब, नींद में जड़ हो गये सब, एक जो सब-कुछ सरेखे, वही जागे और देखे।" उसके नीचे फूल का निशान बनाकर उसी अर्थ की एक कबीरजी की बानी भी लिखी थी, "सुखिया सब संसार है खावे और सोवे, दुखिया दास कबीर है जागे और रोवे।" लेकिन वे रो नहीं रहे हैं। जाग रहे हैं ओर देख रहे हैं। देख रहे हैं कि अन्दर से घुन खाते रहे, खाते रहे और अब दो बाँस बोझ से पिचककर टूट गये हैं। एक बाँस खाट पर पसीने से तर पड़ा है—बिरजा। एक बाँस खिड़की से टिका हुआ खड़ा है, वे ख़ुद!

एक दिन साहस था, जीवट था और भय भी, आशंका भी; जिस दिन उन्होंने चुनौती दी थी, देखें कोई क्या कर लेता है, कौन छीनता है उनसे राघो को, बिरजा को। आज न भय, न आशंका—सिर्फ़ एक टूटी हुई अन्दर की निगाह जो अँधेरे में सब-कुछ देख रही है।

पिछले पाँच-छह दिन से जब से हरिया की बात सुनी थी, सतसहाय की बातें सुनी थीं, वे कुछ फ़ैसला नहीं कर पा रहे थे। आज कुछ इतना सूना था बाहर, अन्दर इतना अँधेरा था कि कब उन्होंने फ़ैसला कर लिया उन्हें ख़ुद नहीं मालूम। लेकिन उन्हें क्या करना है, इसका फ़ैसला कर लिया, और फ़ैसला कर लेने के बाद उनका मन जो पिछले पाँच-छह दिन से इतना पथरीला, इतना बोझिल था, जैसे बहुत हल्का हो गया। वे उठे और बिरजा के सिरहाने जाकर बैठ गये। माथे पर हाथ रखकर बोले, "सिर पिराता है, दबा दें क्या?"

बिरजा कुछ नहीं बोली, न हाँ, न ना। मुंशीजी चुपचाप माथा दबाते रहे। ऐसी जड़ निर्जीव-सी पड़ी थी बिरजा कि उन्हें एक बार जैसे अँधेरे में डर-सा लगने लगा। कहीं उन्होंने किसी दोहे में सुना था—लकड़ी जैसे हाड़, घास जैसे केश। बिरजा का माथा, बिरजा के रूखे केश बिलकुल वैसे लग रहे थे। जैसे बिरजा से कहने के लिए नहीं सिर्फ़ अपनी घबराहट कम करने के लिए मुंशीजी बोले, "तुम कोई फिकर न करो। हम सब समझते हैं। आखिर राघो को बचपन से पढ़ाया-लिखाया तो अब क्या उसके ब्याह-शादी में हम बाधा बनेंगे! तुम्हारे लिए भी ले-देकर वही है। हरीराम तो किसी काम का नहीं। बस यही था कि अब तक इतनी आन रखी है तो अब झुकने में जरा हेठी होती थी। बिठौनी के यहाँ किस मुँह से जाएँ? कैसे रहें? भवनाथ बिचारा खुद टाल पर पड़ा रहता है, न घर न बार। कभी उसके लिए कुछ किया-धरा नहीं; यही सोचते थे कि अब इस घर से अन्न-पानी उठ गया तो कहीं और कैसे हो सकता है। लेकिन आज फैसला कर लिया। ईश्वर जानता है बिरजा, कि चाहे परदेस में जा के मरें लेकिन हमारा यही घर हमारा वही बेटा राघोराम। अब करम में नहीं लिखा तो घर होते हुए भी आदमी देस-परदेस भटकता है।"

"क्या फैसला किया है?" बहुत मरी-मरी अपरिचित-सी आवाज़ बिरजा के गले से निकली।

"तुम फिकर न करो! वकील साहब से समझा के सब बात बतायी तो बोले हमसे रुपया लो और हमारी बूढ़ा माई बद्री-केदार जा रही हैं, उनके साथ बद्री-केदार हो आओ। चले जाएँगे।"

और फिर सब चुप। सन्नाटा।

मुंशीजी को किसी से डर नहीं लगता पर इस सन्नाटे से जाने क्यों डरते हैं। इसलिए महज़ सन्नाटे को तोड़ने के लिए बोल रहे हैं, "चार-पाँच दिन से सब सामान बँधवा रहे थे वकील साहब के यहाँ। अब तो चल-चलाव ही समझो बिरजा! बड़ा खौफनाक रास्ता है। न आदमी न आदमजात। कहते हैं बस बरफ-ही-बरफ है। बस एक पहाड़ी चिड़िया होती है; बस वही बोलती रहती है—'पंछी पग ध्यान यहाँ आपनो न कोई।' पैर फिसला तो बस हड्डी-पसली चकनाचूर। सोचो जिसका कोई रखवारा नहीं उसका भगवान रखवारा। इनसान का बस नहीं कि सहारा दे, चिड़िया बोलती है—पंछी पग ध्यान यहाँ आपनो न कोई। हे बजरंग स्वामी..."

बिरजा ने उनके हाथ अपने माथे से हटा दिये और करवट लेकर कराहती हुई उठ बैठी। धीरे-धीरे सीढ़ी से नीचे उतरने लगी। मुंशीजी ने सन्नाटे और अकेलेपन

से घबराकर जैसे चुप्पी तोड़ने की आख़िरी कोशिश की, "तुम चिन्ता मत करो। राघोराम बाइस्कोप देखकर आ जाए। उसे सब कागज-पत्तर सौंपकर कल तड़के सुबह हम वकील साहब के यहाँ चले जाएँगे। भवनाथ से कहला देना कि गोपीगंजवाले पक्का कर गये कि नहीं।"

बिरजा चद्दर डालकर तब तक गली में निकल चुकी थी। अँधेरे घर में सिर्फ़ चौके की ढिबरी जल रही थी वह भी भभक-भभककर बुझनेवाली थी। मुंशीजी को कुछ नहीं सूझा। कोठरी का, ओसारे का, बैठके का दीया जला आये और राघोराम के पढ़ने की लालटेन जलाकर तेज़ करके आँगन में रख दी। छाता, रूमाल, एक बड़ा-सा हरा कंघा, एक रेशमी मोजा, ये सब आज राघोराम के लिए लाये थे। उसके बिस्तरे पर रखकर चौखट से टिककर खड़े हो गये। बिना राघोराम को देखे कैसे रहेंगे? "बेटा..." उन्होंने बड़े विगलित स्वर में पुकारा और फिर गहरी साँस लेकर चुप हो गये। बद्री हो आओ चाहे केदार लेकिन अगर गया में अपना बेटा पिण्डदान न दे, पितरपक्ष में तर्पण न करे तो नरक से छुटकारा नहीं मिलता। लेकिन कौन बाप होगा कि जीते-जी अपने लड़के की जिन्दगी नरक बना दे। चले जाएँगे, कल तड़के ही चले जाएँगे। राघोराम जल्दी में अपना कोट सन्दूक़ पर मुड़ी-मुड़ी फेंक गया था। उन्होंने बड़े प्यार से कोट उठाया, झाड़ा, कालर ठीक किया और खूँटी पर टाँग दिया। आले में हिन्दी गीता रखी थी। उसे अपनी गठरी में रख लिया। "हे बजरंग स्वामी...सबकी रक्षा करना..." गठरी में गाँठ लगाकर सुबह के लिए सामान ठीक करने लगे; वैसे कोई ग़म नहीं सिर्फ़ हाथ काँप रहे थे!

कब झपकी लग गयी, कब राघोराम बाइस्कोप देखकर लौटा और सो भी गया। मुंशीजी को कुछ भी नहीं मालूम सिवा इसके कि उखड़े-पुखड़े सपने आते रहे। कभी बिशन उस्ताद की ज़ोर-ज़ोर से गरज-तरज, कभी अँधेरे में गली में बहुत-से पैरों की आवाज़; कभी बिरजा का रोना। मुंशीजी ने कहा भी, बद्रीनाथ महाराज सब ठीक करेंगे, बिरजा रोती काहे हो। अब तो राघोराम को देखो, बहू को सँभालो, मगर बिरजा थी कि रोती जाए। और नींद उचटी तो नीम से उड़कर बिजली के खम्भे पर एक घुग्घू बोल रहा था, आले पर ढिबरी बुझने-बुझने को हो रही थी और दीवार पर एक छाया, जिसका एक बड़ा हाथ दीवार से होता हुआ टेढ़ा होकर आँगन में डोल रहा था। मुंशीजी होशियारी से उठे, "कौन है?"

आँगन-भर में फैला हाथ सहसा सिमट गया और आवाज़ आयी, "माई की

पोटरी में अफीम ढूँढ़ते हैं, किसी का कुछ लेते हैं क्या?''

''हरिया!''

''अरे आप सोओ न! अफीम मालूम हो तो बता देव! माई तो रोय-रोय के बिशन नाना के यहाँ कह रही थी कि अफीम का पूरा गोला लायी है। खाय के सो रहेगी। तो अब तो बिशन नाना हार मान गये। माई को तो अब अफीम की जरूरत भी नहीं! दो तोला हम ले लेंगे तो किसी का खजाना लुट जाएगा!''

हरीराम से सारी गाथा मालूम हुई। सारा मुहल्ला बिशन उस्ताद के आँगन में इकट्ठा था और बिरजा जिसके मुँह से आवाज़ नहीं निकलती थी, चीख़-चीख़कर अपने मामा के घर का एक-एक राज़ खोल रही थी। मुहल्ला-भर जमा था। पार्टियाँ दो थीं, एक बिशन उस्ताद की धज्जियाँ उड़ने से ख़ुश और दूसरी कल की छोकरी बिरजा की गुस्ताख़ी से लाल-पीली, मगर दोनों पार्टियों का नारा एक ही था, ''अरे बाप रे! बड़ा दूध का धोया बनता था बिशनवा! हरे राम! हरे राम! नरक में भी ठौर नहीं मिलेगा इसे।'' और इसी परिपक्व क्षण पर अणुबम का प्रयोग हुआ! बिरजा ने स्पष्ट घोषित किया कि राघोराम की सगाई-बरिच्छा मुंशीजी के ही हाथ से होयगी और बिशन मामा ने कुछ इगड़-तिगड़ किया तो अफीम का गोला लायी है बिरजा। पानी के साथ घूँट के सो रहेगी। गऊ और नारी हत्या का पाप सारे मुहल्ले पर।

जनमत पलटा, बिशन ने सबके सामने क़सम खायी कि मुहल्ले पर हत्या नहीं पड़ने देंगे, लेकिन इसके पहले कि विजयिनी बिरजा घर लौटे, हरीराम पीछे से खिसक लिये थे। पहले ही।

मुंशीजी की आँखों के आगे ढिबरी, आँगन, नीम सब जैसे पेंग ले रहे थे। कभी इधर उठ जाएँ कभी उधर उठ जाएँ। वाह रे बिरजा! मुंशीजी को बहुत याद आती थी तो बिटौनी की। माँ की याद नहीं आती थी। आज जाने क्यों माँ की याद आ गयी। जैसे वह बच्चे हैं और कमज़ोर हैं और खेल में बेईमानी करके बड़े बच्चों ने उन्हें पीट दिया है और टूटे घुटने, छिली कोहनी लिये वे सिसक रहे हैं और फिर कहीं से बिरजा माँ की तरह आती है और उन्हें उठा लेती है। ''देखती हूँ कौन बाल बाँका करता है मेरे छौने का!'' और मुंशीजी का मारे ख़ुशी और सन्तोष से गला भर आया, आँख में आँसू छलछला आये और गुड़गुड़ी पीने को जी हो आया।

दरवाज़ा खुला और चादर उतारते हुए बिरजा दाख़िल हुई। मुंशीजी को लगा कि आँगन में उजास फूट गया। जाने क्यों एकदम उन्होंने कल्पना की कि आँगन में केले के पत्ते और आम की बन्दरवार है और बिरजा के साथ बैठकर मुंशीजी

सत्यनारायण की कथा सुन रहे हैं। एक अध्याय ख़त्म हुआ और फूल की थाली बज रही है और शंख!

बिरजा ने घनौची पर से झंझर में पानी लिया और एक साँस में पीकर बोली, "जाओ बद्रीनाथ! जरूर जाओ, अब लौटना मत! भभूत रमा के वहीं चिमटा गाड़ो। वहीं शान्ति मिलेगी। यहाँ तो बिरजा का काला मुँह देखके मन-भर का थोबड़ा लटका रहता है।"

अरे ! ये बिरजा है! इसके मुँह से तो बोल नहीं फूटता था। सचमुच! ये तो हरदेई का तेवर है! धिक्कार पर मुंशीजी की अजीब घुली-मिली प्रतिक्रिया थी, कुछ-कुछ लज्जा, कुछ-कुछ अचरज और बहुत सारी गुपचुप ख़ुशी। बिरजा का मुँह खुल गया था सो खुल गया था, "बद्रीनाथ में बरफ पर चिड़िया बोलती है—पंछी पग ध्यान यहाँ आपनो न कोई! अपना कौन है! सब तो दुश्मन बैठे हैं तुम्हारी छाती पर, बाल-बच्चा, कुटुम-कबीला ले के! दे दो अफीम। फिर जाओ बद्रीनाथ!"

मुंशीजी ख़ुशी दबाते हुए गुस्सा उभारते हुए बोले, "बस कर बिरजा, राघोराम सुनेगा, कुछ तो..."

"सुनै, सुनै, सब लोग सुनैं! तुम्हें क्या! तुम्हें तो चिड़िया सुनाती है—आपनो न कोई! कौन मुँहझौंसी चिड़िया है?"

हरीराम जो जल्दी से पोटरी छोड़-छाड़कर अपनी खाट पर दुबक रहे थे, लघुशंका के बहाने उठे, दो मिनट को आँगन में हक्का-बक्का खड़े रहे, कभी मुंशीजी को देखते कभी बिरजा को। अन्त गें बुड़बुड़ाकर बोले, "राग बिलावल! राग बिलावल!" और खाट पर जाकर लेट गये।

सुबह जैसे रोज़ होती थी वैसे ही हुई। पहले पिछवाड़े खेत के कुएँ का डोल और चरखी बोले, फिर नीम पर कौए और फिर खपड़ैल से आँगन और आँगन से खपड़ैल पर गौरैया, लेकिन आज इन तीनों से पहले ही बिरजा का बोल गूँजने लगा था। बाल्टी और झाड़ू लेकर आँगन धोने में जुटी थी और हरदेई से बरिच्छा की रसम का ब्यौरा ले रही थी। घर में ऐसा लग रहा था जैसे अभी-अभी सगाई-बौछार करके बादल छँट गये हों। राघोराम को सुबह की औंधानींदी में ऐसा लगा मानो हरदेई का चरखा चालू है। इतनी ज़ोर से लगातार वही बोलती थी, "का है नानी, सुबह-सुबह..."

"चल-चल उठ! कचहरी की तैयारी कर।" बिरजा बात काटकर बोली, "अब ठीक से काम-धाम में लग। कल से बहू आ जाएगी तो कहेगी..."

राघोराम एकदम चौंककर उठ बैठा और अचरज से माँ की ओर देखता रहा। फिर एक बार मुंशीजी की ओर देखकर कान पर जनेऊ चढ़ाकर बाहर चला गया।

मुंशीजी गीता खोलकर मन-ही-मन कुछ पढ़ रहे थे और बीच-बीच में बिरजा की ओर देख लेते थे। इतने दिनों का अनबोला ऐसे कैसे टूट सकता था! इधर तो मुंशीजी कोई काम भी बिरजा से नहीं कराते थे और आज जब इन्तज़ार कर रहे थे तो बिरजा अपने काम में लगी थी। गीता में मन नहीं लगा तो महज़ चुप्पी तोड़ने के लिए बोले, "हरी कल अफीम ढूँढ़ रहा था। पोटरी में थी क्या?"

और सहसा बिरजा को याद आ गया। "क्यों रे! बीड़ी झौंसता था, अब अफीम भी भकोसने लगा? कीड़े पड़ जाएँगे दिमाग में, नाक से निकलेंगे!"

"हम क्यों खायें अफीम? अफीम खायें मुसलमान अनवर अफीमची या लाला-लूली जो आधे मुसलमान होते हैं!" हरीराम तुनककर बोले। बाद में उन्होंने बताया कि अनवर अफीमची के पास उर्दू हरुफ में बड़ा इन्द्रजाल असली तीनों हिस्सा है। उसमें सब लिखा है। टोपी लगाके लोप हो जाओ। बिना बिया पढ़े बन्द किताब का सब इलम मुँहजबानी बता दो। जिन्न बुला लो और दूसरे की काया में परबेस कर लो। मगर सिखाता नहीं, कहता है अफीम खिलाओ तो बताएँगे।"

मुंशीजी कभी हरी से हँसकर नहीं बोले थे, मगर आज सवेरा अच्छा लग रहा था। हँसकर बोले, "अरे सब गप्प है बौड़म! दूसरे की काया में..."

"ये वकील-वुकला का इलम नहीं है जो पढ़ने से आ जाय मुंशीजी! सिद्धी से आता है। सब सच है।" फिर हरीराम भाई की ओर कनखी से देखकर बोले, "अफीम लाय के रख ली पोटरी में तो देखो न माई की काया में तो जीते ही जी नानी की आत्मा परबेस हो गयी। कैसा टर्र-टर्र लगाये है भिनसारे से!"

बिरजा ने पहले एकदम आँख तरेरी, फिर हलके से हँसी, फिर एकदम चुप हो गयी। पहलेवाली बिरजा। झाड़ू अलग रखी। हाथ-पाँव पोंछे, फिर मटकी में से गुड़पगी लइया निकालकर मुंशीजी के सामने रखी और दो मगद के लड्डू, "बँधवा के हनुमानजी का परसाद है। शनीचर को लाये थे, पर हिम्मत नहीं पड़ती थी कि तुम्हें दें। हनुमानजी ने बिशन मामा का दिमाग ठीक कर दिया। बद्रीनाथ बड़े प्रतापी हैं पर बँधवावाले भी रच्छा करते हैं बखत पर, तुम सचमुच जाय रहे थे। बिरजा की रच्छा तो उन्हींने की!" बिरजा ने हाथ जोड़े। मुंशीजी ने भी आँख मूँदकर हाथ जोड़े और लड्डू तोड़ने लगे। टूटते-टूटते कुछ जुड़ गया था।

मुंशीजी फिर गीता पलटने लगे—"न इसको अस्त्र काटेंगे; न इसको शस्त्र काटेंगे" और नीचे खुलासा किया था। लिखा था—मरता है वो मरता नहीं, जीता है वह जीता नहीं। अर्जुन तू समझ कि हारनेवाला हारता नहीं, जीतनेवाला जीतता नहीं। टूटता है वह कभी नहीं टूटता, जुड़ा है सो जुड़ा नहीं है, यह सब तो मैं लीला करता हूँ।

और फिर मुंशीजी के मन में जाने कैसी सुस्ती और डर व्यापने लगा। या शायद सिर्फ़...अलकस। उस दिन कचहरी नहीं गये। हरदेई पाठशाला चली गयी, राघोराम कचहरी चला गया, हरिया सारंगी ले के निकल गया तो खाट ओसारे में खींच ली और बिरजा से बोले, ''आओ इधर बैठ के जरा गोड़ दबा दो, बड़ा अलकस लग रहा है!'' बिरजा ने सज्जी मिट्टी से धोकर बाल सुखाये थे और माथे पर बड़ा-सा बिन्दा। मुंशीजी मन्त्र-मुग्ध से देखते रहे, बोले, ''बिरजा थोड़ी उमर और है। सदा साथ देना। तुम्हारे बगैर...''

बिरजा खिल आयी। बुढ़ाता चेहरा कैसा मधुरा आया।

''हम सगाई-बरिच्छा में नहीं रुकते, बद्रीनाथ चले जाते तो तुम सचमुच अफीम खा लेतीं?'' बिरजा कुछ बोली नहीं, लजा के दीवार की ओर देखने लगी। मुंशीजी ने हौले-से उसका मुँह अपनी ओर घुमा लिया, ''बोलो न!''

''आँगन की कुण्डी लगा आवें, दरवाजा खुला है!'' बिरजा बोली।

वही दिन था जब दिन ढलते-ढलते मुंशीजी को तेज़ बुख़ार चढ़ आया। वह तो मालूम भी नहीं होता। मुंशीजी बहुत खुश थे। पहले कभी शाम को कचहरी से लौटकर इसाक मियाँ की टाल पर एक-आध हाथ ताश-पत्ता खेल लेते थे। फिर सब छूट गया था आना-जाना। शाम को भवनाथ आये तो बोले, ''इसाक मियाँ होंय तो चलो आज एक हाथ ताश-पत्ता हो जाय।'' लेकिन खाट से उठे जूता पहनने के लिए तो पैर डगमगा गया। भवनाथ ने थामा तो बोले, ''भैया, तुम्हें तो ताप चढ़ा है!''

वह दिन है कि आज, उबरे नहीं मुंशीजी बीमारी से। पहले कुछ दिन ओसारे में खाट लगी, बीच में कुछ ताक़त आयी तो कुछ दिन कचहरी भी गये लेकिन फिर खाट से लग गये। अब यही ऊपरवाली कोठरी, सिरहाने के मोखे से दीखते पिछवाड़े के खेत, कुआँ और बीच में हनुमान-चौरा। राघोराम सुबह-शाम नित्य घण्टों पास बैठता था। बैनामे की नक़ल, मिसिल की नकल सब मुंशीजी उसे सिखा रहे थे! बीच-बीच में सब रोक, एकटक उसे देखते, फिर कहते, ''मरते दाँई बेटा के हाथ से गंगाजल और तुलसी मिल जाए बस!'' और बिरजा तुरत आँखों में आँसू भरके कहती, ''कुभाखा न बोलो मुंशीजी, लड़के का मुँह छोटा-सा निकल आया है। बियाह का घर, सारा काम पड़ गया है, हम सेवा नहीं कर पाते तो शाप न देव!''

''नहीं-नहीं बिरजा।'' मुंशीजी गहरी साँस लेकर कहते और फिर मोखे से बाहर खेत की ओर देखने लगते।

'मोह'! गीता में कहा है न! सच है। मोह और बढ़ता जा रहा था। मन होता

था हर वक़्त बिरजा सामने रहे। हर वक़्त। और आँख लग जाए तो कैसा-कैसा सपना देखते थे। छीः मरते दाँई काम जागा है। "मगर अभी मरने की बात काहे को करते हो भैया," भवनाथ कहते, "अब तो बहू आवैगी, सेवा करैगी, फिर पोता गोद खिलाओगे। और बड़ी कोठी में बबुआ साहब के तो अगहन में पोता हुआ और चैत में बबुआइन के पाँव भारी हो गये। क्यों भौजी!" भवनाथ की बात पर बिरजा का चेहरा लाल हो जाता लेकिन कहीं बिरजा को अच्छा लगता। सच बात है कि काम जागे नहीं तो क्या! बिरजा ज्यों-ज्यों राघोराम के ब्याह का सरंजाम करती, बहू के कपड़े-लत्ते-सिंगार का सामान बटोरती त्यों-त्यों उस पर रस चढ़ता। उस दिन सेन्दुरदान, दर्पण आरसी लायी तो पहले लाकर मुंशीजी के पास रखकर बोली, हमारी तो तमन्ना रह गयी कि एक चुटकी कभी तुम अपने हाथ से डालते!" मुंशीजी अन्दर से पुलक उठे, फिर ग़ुस्सा दिखाते हुए बोले, "तमन्ना ! ये सब भाखा कौन सिखाता है आजकल?"

"कलंक न लगाओ। छोटी बहू बोलती हैं ये लब्ज।" आजकल बिरजा की बैठक दोपहर में छोटी बहू से होती, "और एक बात बतावैं," बिरजा पास झुककर धीमे से बोली, "वो ससुर-बहूवाली बात बिलकुल सच्ची है। हमारे सामने ही कहती है बुढ़वे से, दादाजी हमारी बड़ी तमन्ना है कि बाइस्कोप जाएँ तो विलायती क्रीम लगाएँ। बुढ़वा तुरत लाता है। उसकी नजर बड़ी खराब है।"

"तो काहे को रोज घुसती है वहाँ जा के!" मुंशीजी अब सचमुच नाराज़ हुए।

"जाएँ न तो क्या करें! सारा काम करा रही हैं बियाह का। सिलाई की मशीन भी है उनके यहाँ। तुम तो खाट पकड़कर पहुँच रहे, अब बिटवा का ब्याह क्या रोज-रोज होता है! ये न करो वो न करो, बस घर में पड़े मरते रहो। सारी जिन्दगी तो मुहल्ले के आगे आँख नीची करके गुजर गयी।" और बिरजा तुनककर उठी, "और कोई मरद मानुख होता तो सराहता। यहाँ हर वक्त त्यौरी चढ़ी रहती है।"

"बस भी कर," बीमारी में मुंशीजी भी चिड़चिड़े हो गये थे, "मुँह लगायी डोमनी गावे ताल बेताल!"

"अब तुम डोमनी न कहोगे तो कौन कहेगा, बुलाओ न अपनी कैथानी टोली को। हैं तो बिटौनी, एक बार झाँकने भी नहीं आयीं कि भाई को देख जाएँ।" यह चोट मरम पर थी।

"अच्छा, पुराण बखानने की जरूरत नहीं, ले जा यह सब। जो मन में आए कर!"

"करूँगी, जरूर करूँगी, तुम्हें अच्छा लगै चाहे न लगै। वाह रे आदमी! बेटा का ब्याह नहीं सहा जाता, राम! राम!" बिरजा पाँव पटकते चली गयी।

मुंशीजी सुन्न होकर पड़ रहे। आज राघोराम को लेकर इतनी बड़ी बात कह दी बिरजा ने। राघोराम। भगवान, सिरिफ भगवान जानता है कि उनके प्रान चौबीस घण्टे कहाँ अटके रहते हैं। जब तक कचहरी से आता नहीं, मुंशीजी अकुलाते रहते हैं। रोज मोखे से हनुमान-चौरा को देख-देख मन-ही-मन मनाते रहते हैं कि बजरंग स्वामी! लड़का पाँव पर खड़ा हो गया, ठीक रास्ते लगाये रहियो। कितनी बार बुलाते पर बिरजा नहीं आती, काम-धाम में लगी रहती है तो जी बड़ा घबराता है। ऐसे ही किसी दिन अकेले प्रान छूट जाएँ तो? और कोई होय, न होय, लेकिन राघोराम धरती पर उतार के एक बूँद गंगाजल जरूर डाल दे। किसी को बताया नहीं लेकिन सिरहाने जहाँ टीन का बकसा रखा है वहाँ ताँबे की गंगाजली पीछे ला के रख दी है। अमावस के नहान की गंगा का पानी है उसमें। "राघो, बेटा!" मुंशीजी ने भरे गले से कहा और आँख में आँसू भर आये, "बिरजा!" बिरजा को बुलाने का जी चाहा, बहुत जी घबरा रहा था, लेकिन मुँह तक आके नाम नहीं निकला। चुपचाप पड़ रहे। पिछवाड़े खेत में औरतें मेड़ पूजने आयी थीं। गीत के स्वर हवा पर उड़कर आते और मुंशीजी का जी रोने-रोने को हो आता।

तीसरे पहर बिरजा आयी दवाई देने। कुछ बोली नहीं। दवाई देकर पैताने बैठ गयी और धीरे-धीरे पाँव सहलाने लगी। समझौता। मुंशीजी का मन और उमड़ आया। कैसा होता है मन! जिससे चोट खाता है, उसी से सहारा ढूँढ़ता है और फिर दुगुनी चोट खाता है। टूटता भी है और जुड़ता भी है और पूरी तरह न टूटता ही है, न जुड़ता ही है। गीता में खुलासा किया है न, फिर किसका बस। मुंशीजी ने भी एक शब्द नहीं कहा। बिरजा की गोद में हाथ रख दिये, अनबोला टूटा। बिरजा ने आगे झुककर पल्ला हटाते हुए कहा, "अब तो तुम कुछ देखते ही नहीं। छोटी बहू ने राघोराम की बहू के कपड़ों में दो बिलायती चाल की भीतरी अँगिया सिल के रखी थीं। एक हमने भी अपने लिए सिलवा ली, अच्छी है न! कहोगे बूढ़े मुँह मुँहासे। तो क्या हुआ! सुहागिन हैं तो मरद के लिए श्रृंगार काहे न करें! सारी उमिर तो टाट पहन के गुजार दिया कि मुहल्लेवालों की छाती पर साँप न लोटे। जलैंगे हमसे, प्रान तुम्हारा माठा करैंगे।" फिर बड़े मीठे से मुंशीजी का बढ़ता हुआ हाथ बरजते हुए बोली, "राम! राम! कैसी बेसरमी उतर आयी है दुनिया पर! भवनाथ देवरजी बताते थे कि अबकी कातिक के मेले में जमुनाजी पर बिसाती लोग बाँस में ऐसी-ऐसी अँगिया टाँगकर खुलेआम बेचते थे।"

नहीं, मरेंगे नहीं मुंशीजी। शरीर है। बीमारी-हारी लगी रहती है। फिर पिछले कितने बरस से कैसा दाह-जलन का जीना रहा, लेकिन अब पार कर लिया। अब

कुछ अटपटा लगता है बिरजा का यह नया शौक़-रंग, लेकिन कितना सुख, कितना नशा है! नहीं, मुंशीजी गंगाजल की बात करें चाहे तुलसीदल की, लेकिन जानते हैं कि जीवन तो अब शुरू हुआ है। अब कौन मारेगा?

और उन्हें याद आया एक बार बहुत छोटी थी बिटौनी तो बीमार पड़ गयी थी। सूख के काँटा। किसी की दवा ही न लगे। आधी-व्याधी भी उतरवा ली, डॉक्टर, वैद्य, हकीम की तो बात ही नहीं। तो किसी ने बताया गंगा पार झूँसी में एक महात्मा रहते हैं। मुंशीजी गये। बिटौनी को चरणों में डाल के बोले, "महाराज, हमारा और कोई नहीं है, इसे अच्छा कर दो। बड़ी किरपा हो, इसके हाथ पीले कर दें, पति के घर जाए। नहीं तो महाराज हमारे प्रान ले लें, इसे दे दें।"

महाराज हँसे, बोले, "बेटा! और पति के घर भी तो मरेगी! फिर?" फिर महाराज ने कहा, "आया है तो जाएगा। पलंग पर मरेगा, धरती पर मरेगा, दिन में मरेगा, रात में मरेगा, जहाँ रखोगे वहाँ मरेगा। मरकर भगवान के चरणों में जाएगा न! तो अभी डाल दो भगवान के चरणों में। जहाँ पहुँचना है पहुँच जाएगा। फिर कैसे मरेगा?"

और पूजा-पाठ में, तीरथ में, कीर्तन में कभी ऐसा नहीं लगता था जैसे कई-कई बार अब बिरजा के शरीर की सुखद आँच में लिपटे हुए मुंशीजी को लगता था कि कपाट बन्द हैं और बदरीनाथ महाराज के चरणों में दोनों डूब गये हैं। भगवान में जियैंगे तो कैसे मरैंगे भला? बिरजा से बहुत मोह में बँधे थे, बहुत साल से, पर अब वे जहाँ बँधते जा रहे हैं वह तो...

लेकिन बिरजा यह क्या करती है कभी-कभी। वैसे तो कुछ नहीं, यही बिटौनी की बात पर याद आया, छोटी बहू के यहाँ की बातें करती रहती है न! कहने लगी कि उस दिन कपड़ा-उपड़ा काटने-सिलने के बाद चलने लगी तो छोटी-छोटी कतरन गूदड़ इकट्ठा करके छोटी बहू बोलीं, "ले जा यह तो बड़े काम की है!"

"ठिठोली करती हो, यह कौन काम आएगी!"

"अरे, बेटवा के ब्याह में बुआ का नेग भी तो होता है। बिटौनी आवैगी मोटर पर चढ़कर तो इसी की कथरी-गुदरी सिलके उढाके उतारना!" मुंशीजी हँसे लेकिन अन्दर कहीं चोट खा गये। सारा रस जो उमड़ा था, खटाय गया। अब बिटौनी का तो जो रुख है सो है। मुंशीजी ने भी छाती पर पत्थर रख के सब तोड़ लिया है। फिर यह सब क्या सुनना? खैर सुनना भी बदा है तो सुनैंगे।

पर एक बात ज़रूर है। हरीराम ने उस दिन बात बौड़मपने की कही थी पर थी पते की। मुंशीजी को भी लगता था कि आत्मा चाहे न परबेस की हो, पर इस

बिरजा में से कोई दूसरी बिरजा ज़रूर निकलती चली आ रही है। अकसर बिरजा हँसती तो मुंशीजी ग़ौर से देखते रहते और चले जाने के बाद हँसने से ऊपर के होंठ के नीचे के मसूड़े उनकी आँखों के सामने घूमते रहते। दाँत बनानेवालों के यहाँ जैसे रखे रहते हैं। क्या पहले भी थे? या पहले वह बस कभी-कभी मुसकाती थी? यह हँसी छोटी बहू के यहाँ से सीखी है क्या? कभी-कभी वह कोई कठोर ताना मारने के बाद जब अजीब तरह से निचला होंठ बिचकाती थी और उस समय मुँह की कुछ रेखाएँ और गाल की हड्डियों का उभार एक अजीब मर्दानी कठोरता का भाव छोड़ जाते। कहाँ देखा है यह? हरदेई में? नहीं! हरदेई अपने ग़ुस्से में भी ममतामयी लगती है। पोपले झुर्रीदार मुँह में। याद आया। मुंशीजी ने बिशन उस्ताद के मुँह पर यह रेखाएँ देखी हैं और फिर एकदम से उन्हें ख़याल आया, बिरजा का माथा, भौंह और नाक भी बिलकुल अपने मामा पर गयी हैं। अजीब बात है इतने बरस तक कभी इस पर ध्यान ही नहीं गया! लेकिन अब भी ध्यान जाकर टिकता नहीं, बच जाती है वही बदन की मुलायम सुहावन आँच, जाड़े की सुबह में उपले की गोरसी की तरह अच्छी लगनेवाली। हरदेई के न होने से मुंशीजी को थोड़ी तकलीफ़ हो गयी थी। और तकलीफ़ से भी ज़्यादा अकेलापन। यह परिवर्तन भी विचित्र ढंग से हुआ। जिस दिन से बिरजा की आवाज़ तेज़ हुई उसी दिन से हरदेई की आवाज़ घर में दब गयी, यहाँ तक कि एक दिन आकर हरदेई ने कहा कि पाठशाला की ओर से एक गूँगे-बहरों का स्कूल जमुना पार नैनी में खुला है, वहाँ रहने की कोठरी भी मिलेगी और दो रुपया तरक़्क़ी भी। इतवार-इतवार आकर मुंशीजी को देख जाएगी। जाते बखत बड़ी देर तक रोती रही, कहती रही, "बेटा, हमारा मन तुम्हीं में अटका रहेगा। न हमें भाई चाहिए, न बेटी, न नाती। बस तुम बने रहो।" बिरजा ने बहुत कहा कि दो रुपये के लोभ में काहे जाय रही हो, मगर हरदेई रुकी नहीं--"अब राघोराम कमाने लगा। अपना लड़का देखो, अपना घर देखो। बस!"

इतवार को सुबह से ही मुंशीजी पूछना शुरू करते थे, "अभी हरदेई नहीं आयी?" आते समय हरदेई जमुना किनारे की ताज़ी लौकी, मूली और मौसमी साग ज़रूर लाती थी, मुंशीजी के लिए।

लौकी का झोर मुंशीजी शाम को रोज़ लेते थे, राघोराम के आने के बाद। लेकिन इधर राघोराम अकसर देर से आता था। दो-चार यार-दोस्त बन गये थे और घर आने के पहले अड्डा जमता था। कचहरी से जो काग़ज़-मिसिल आते थे उनमें कभी-कभी एकाध किताब भी बीच में दबी होती थी जो रात को नीचे अपनी कोठरी में बैठकर पढ़ता था। मुंशीजी ने देखा, एक दिन 'सफ़ेद शैतान', एक दिन

'सक्स्टन ब्लेक के कारनामे'। एक दिन तो एक विचित्र-सी किताब थी, मुंशीजी का जी धक् से कर गया। फिर वहीं ज्यों-की-त्यों रख दी कि राघोराम को मालूम भी न हो। रात को बिरजा को बताया तो कहने लगी, ''जाग के पढ़ रहा होगा, अभी छीन के चूल्हे में झोंकती हूँ। भले घर में ऐसी किताब का क्या काम।'' तो मुंशीजी ने रोका। बोले, ''गुस्सा तो हमें भी आया था। पर बड़ा बेटा भाई बराबर होता है। अरे अब गिरस्तास्त्रम में आ रहा है, सब ठीक हो जाएगा। कुछ कहना मत।'' सवेरे राघोराम कचहरी जाने लगा तो ऊपर बुलाया। माथे पर हाथ फिराकर बोले, ''बेटा, तन्दुरुस्ती हजार नियामत। इधर-उधर की किताब पढ़ने से खून पानी बन जाता है।'' और बण्डी की जेब से पाँच रुपये का मुड़ा-तुड़ा नोट निकालकर बोले, ''मलाई बँधवा लो एक छटाँक। शाम को आते समय ले आया करो बेटा!'' राघोराम ने चुपचाप सिर झुकाकर रुपया लिया और चला गया।

बाद में बिरजा आयी तो मुँह फूला हुआ था, ''पैसा ज्यादा हो गया है तो भण्डारा खुलाय दो न! एक तो गन्दी-गन्दी बात सीखता है लड़का, ऊपर से उसे पैसा दे दिया कि जाओ बेटा मलाई खाओ। जैसे अभी मलाई खाना बाकी है। सुबह पाँच बदाम-पिस्ता घिस के मिसरी में देते हैं उसे।''

''बादाम-पिस्ता? कहाँ से आया?''

बिरजा जैसे इस सवाल के लिए तैयार नहीं थी। एक क्षण अचकचाकर बोली, ''अरे, आया कहाँ से! बिशन मामा के यहाँ से पाँचों मेवा आया था।''

मुंशीजी एकदम उबल पड़े, ''बिशन मामा? कौन जरूरत थी उसके यहाँ से मेवा लेने की? किसने कहा था? हम कोई भिखमंगे हैं कि लड़के के लिए मेवे की भीख माँगें? घर में होगा तो सोने से लाद के, दूध-मलाई खिला के रखेंगे, नहीं तो सूखा चबैना खिलाएँगे। उनका मेवा खिला के नहीं पाला है। वो होते कौन हैं?''

''बस भी करो!'' बिरजा ने उपेक्षा-भरे लेकिन बहुत दृढ़ स्वर में कहा, ''वो भी कोई होते हैं। सारी दुनिया में ढिंढोरा पीटते हैं कि चाँद का टुकड़ा निकला है बिरादरी में। राघोराम का दिन-रात निहोरा लेते रहते हैं। हमने तो घर छोड़ा, बिरादरी छोड़ी, लड़के को तो सारी जिन्दगी इन्हीं लोगों में काटनी है। सोचा बीमार पड़े हैं, कमज़ोर हो गये हैं, जब-तब गुस्सा होते हैं हो लें, मगर अब रोज बिना बात के लड़के की जान का खटारा...''

''बिरजा, कम्बख़्त! बदजात...'' मुंशीजी अजीब स्वर में चीख़े, उठे और कमज़ोरी के मारे लड़खड़ा गये। बिरजा बिलकुल सहम गयी। ''ले जा! ले जा! यह सब मुझे नहीं चाहिए।'' और उन्होंने दवा की शीशियाँ उठा-उठाकर फेंकनी

शुरू कर दीं।

"मुंशीजी!" बिरजा ने एकदम उनके पाँव पकड़ लिये, "मार डालो हमें, ये परान तुम्हीं ने दिये, तुम्हीं निकाल लो, लेकिन ये न करो!" मुंशीजी बेदम होकर पड़ रहे, उनका चेहरा स्याह पड़ गया था, आँखें फटी-फटी-सी हो रही थीं, हाँफ रहे थे।

थोड़ी देर बाद बिरजा के हाथ में से उन्होंने अपना पाँव खींच लिया। बिरजा डरते-डरते उठी। फूटी शीशी के टुकड़े दवाई सब बटोरी, पोंछी, मुंशीजी का बिस्तरा खींचकर ठीक किया और नीचे उतर गयी।

मुंशीजी एकटक मोखे से बाहर खेत, हनुमान-चौरा की ओर देखते रहे, फिर बहुत कातर, बहुत टूटी आवाज़ में बोले, "बजरंग स्वामी! तुम्हें घूरे पर से उठाकर चौतरे पर आसन दिया सो गलत किया? तुम अपने मुँह से कह दो! बस एक बार कह दो!...फिर हमें सब सवाल का जवाब मिल जाएगा। लेकिन जवाब देगा कौन, भगवान है ही नहीं, नहीं है," मुंशीजी ने बहुत कड़वाहट से कहा।

लगता है बिरजा ने किसी से कहला दिया था। थोड़ी देर में भागते-भागते भवनाथ आये। पहले नीचे कुछ धीमे-धीमे फुसफुसाते रहे फिर ऊपर आये। मुंशीजी का चेहरा बिलकुल जड़ था, पत्थर। भवनाथ ने बात करने की बहुत कोशिश की लेकिन मुंशीजी 'हाँ' 'हूँ' से ज़्यादा कुछ बोले ही नहीं। कभी-कभी बीच में अजीब ढंग से होंठ फड़फड़ाते थे मानो आँसू रोकने की कोशिश कर रहे हों।

भवनाथ चले गये और थोड़ी देर में मुंशीजी ने सुनी नीचे आँगन में ख़ुद इसाक मियाँ की आवाज़। आज बरस-डेढ़ बरस बाद इसाक मियाँ आये हैं और मुंशीजी नीचे बैठके में भी नहीं जा सकते। लगता है भवनाथ लिवा आये।

इसाक मियाँ की आवाज़ में कुछ ख़राश थी लेकिन बोलते थे बुलन्दी से। "बहू, परदा कर लो और ज़रा इधर आओ"—मुंशीजी ने सुना, इसाक कह रहे थे, "और जात से सीधे बात करना हमें जेब नहीं देता, लेकिन मुंशी ऊपर पड़ा है और बीच में तुम्हारा चौका है, हम ऊपर जा नहीं सकते। इस बिशन की करतूत तुम्हें नहीं मालूम हो, हमारे सामने बिलकुल नुमायाँ है। तुमने समझा कि तुमने अफीम खाने की धमकी दी और वह मान गया। नहीं, तुमने उस दिन उसके राज़ खोलने शुरू किये तो वह डर गया। लेकिन बिरादरी में वह राघोराम का सरगना बनना चाहता है और मुंशी से अदावत रखता है। उसने मुस्तफ़ा पहलवान को पटाया था कि गवाही दे और राघोराम के बाप से अपनी औरत भगाने की अर्ज़ी दिलाकर मुंशी को थाना-कोतवाली में फँसा दे। बीच में मुंशी कचहरी जाने लगा था तभी समन वारण्ट कराने की साज़िश की। मुहल्ले का पत्ता खड़कता है तो

इसाक़ मियाँ को पता चल जाता है। मैं न बाभन-बनिया हूँ, न लाला-लूली हूँ, मैं हूँ असली पठान। मुंशी और भवनाथ मेरे मुँहबोले भाई हैं। मैंने बिशन को बुलाके कह दिया कि मुस्तफ़ा साले को तो हम खोद के कुएँ के पास दफ़न कर देंगे और समदाबाद का आठ सौ पठान तुम्हारे बाल-बच्चों तक को नेस्तनाबूद कर देगा अगर तुम अपनी हरकत से बाज़ नहीं आये। ख़बरदार! साला बिशनवा बड़े खाँ साहब की आरामगाह में अपनी बेटी भेज चुका है। मेरे सामने आँख नहीं उठा सकता। पिटे कुत्ते की तरह चला गया।''

बिरजा ने क्या कहा, मुंशीजी को सुनाई नहीं पड़ा। भवनाथ ने भी कुछ कहा, फिर इसाक मियाँ ने वहीं से आवाज़ लगायी, ''मुंशी! अबे कब तक जनानखाने में घुसा रहेगा! तबीयत ठीक कर। इधर से तेरा चौका छू जाता है। किसी दिन खेत की तरफ से कमन्द लगाकर खिड़की से आएँगे। ज़रा मरद पठान से रू-ब-रू बातें कर तो तेरा दिमाग ठीक हो, नहीं तो औरतों के बीच पड़ा औरतों की तरह कुजड़िहाव करता है। जल्दी ठीक हो के टाल पर आ। ताश-पत्ता खेलेंगे नहीं तो बेटा अगली रामलीला में तुझे सीता मैया न बनवा दिया तो असल पठान नहीं!''

थोड़ी देर बाद बिरजा ने हिम्मत करके झाँका। मुंशीजी का चेहरा ज्यों-का-त्यों जड़ था, पत्थर। लेकिन मोखे से बाहर नहीं देख रहे थे। सीढ़ी की तरफ़ देख रहे थे एकटक। जैसे किसी का इन्तज़ार हो।

राघोराम घर में आया। उसे कुछ मालूम नहीं था। बिरजा के मुँह पर तनाव देखा तो बोला, ''दरजी के यहाँ से कोट लेना था तो रुक गये थे।'' फिर सीधे ऊपर गया। ढिबरी की हल्की-पीली काँपती रोशनी में मुंशीजी का मुँह बहुत पीला लग रहा था। पास जाकर बोला, ''बरिच्छा का इक्यावन रुपया मिला था हमें तो साँवलदास के यहाँ से नया ऊनी कपड़ा आपके लिए ले आये थे। बन्द गले का नये चाल का कोट है। आपका कचहरीवाला कोट तो फट भी गया है। दरजी ने कहा है एक बार पहन लें। कहीं झोल-झाल होगा तो ठीक कर देगा।''

और कोट पहनाने के लिए राघोराम ने मुंशीजी को उठाने के लिए जो सहारा दिया कि मुंशीजी एकदम फूट पड़े, ''भैया! बेटा...''

राघोराम एकदम घबरा गया। ''माई!'' उसने पुकारा। बिरजा ऊपर आयी तो देखा राघोराम एक हाथ में कोट लिये तकिये के पास बैठा है और मुंशीजी उसके कन्धे से टिककर रो रहे हैं...रोये ही चले जा रहे हैं।

तीसरे दिन हू-ब-हू यही दृश्य उपस्थित था, फ़र्क़ सिर्फ़ इतना था कि इस बार

रुदन बिरजा का था, कन्धा छोटी बहू का और दर्शक थे भवनाथ देवरजी। भवनाथ थोड़ा हक्का-बक्का थे और रो-रोकर भौजी जो कह रही थी उस पर घबराहट में 'हाँ-हाँ' तो कहे जा रहे थे पर सुन कम रहे थे। एक तो उन्हें यह अचरज कि भौजी ने टुन्नी को भेजकर बुलवाया, अपने घर पर नहीं छोटी बहू के घर, फिर छोटी बहू बिना परदा किये मुँह खोले भवनाथ भैया के आगे बैठी हैं, और बिरजा भौजी नयी काट का जम्पर-अँगिया पहने ज़ार-ज़ार रोती जा रही है, आँसू थमते ही नहीं। जो कुछ उन्होंने बार-बार समझाकर नये-नये तर्कों और नये-नये आँसुओं के साथ कहा उसका सारांश यह था कि "मुंशीजी के कारण इसाक मियाँ ने बिशन मामा को जान से मारने की धमकी दी है। मुंशीजी से चाहे जो रंजिस हो उससे बिरजा को क्या लेना-देना लेकिन राघोराम पर बिशन मामा की छाँह है। अब बिरजा मुंशीजी को ही देखती रहें, राघोराम को न देखे? राघोराम को जात-बिरादरी, रिश्तेदार, नातेदार, कुटुम-कबीला में ज़िन्दगी बितानी है। बिशन मामा कहते हैं कि हमारी बिरादरी में पहला लड़का है जो पढ़-लिखकर इतना गुनी निकला है। दो-चार बरस बाद इसे मनिसबिल्टी की निम्मरी के लिए खड़ा करेंगे। अपनी बिरादरी का कोई है ही नहीं। सारा चौक, मीरगंज, बहादुरगंज, जहाँ-जहाँ नाच-गाना होता है सारा बोट बिशन मामा दिलावैंगे। अब मुंशीजी से बिशन मामा रंजिस रखते हैं, राघोराम को और हमें मानते हैं तो हम क्या करें! खून का भी तकाजा होता है देवरजी! खून खून होता है पानी तो नहीं होता! अब मुंशीजी ने बिरजा को भी दूध में से मक्खी की तरह निकाल फेंका है। हमारा तो भाग ही खोटा है नहीं तो जिससे सात फेरे लिये थे वही हाथ पकड़कर घर से क्यों निकाल देता। जिसने हाथ पकड़कर शरण दी उसने अब चित्त से उतार दिया। बेटा-बहू का मोह न होता तो कहीं डूब मरती बिरजा; लेकिन अब सामने राघोराम है। बहू आवैगी तो क्या करैगी? आजकल की बहुएँ! अपने सिंगार-पटार से फुरसत मिले तो। राघोराम का तो सब बिरजा को ही करना पड़ेगा। मुंशीजी से यह देखा नहीं जाता!"

अब ज़रा भवनाथ भी बरदास्त के बाहर हो गया। बीच में कई बार भवनाथ ने रोका, "नहीं भौजी! ये बात तो गलत है!" लेकिन जब भवनाथ बोलें तो छोटी बहू अपनी सुग्गा-सी नाक फड़का के आँख डुला के भवनाथ की ओर देखे और फिर भवनाथ की बोलती बन्द हो जाए और 'हाँ-हाँ' करके सुनने लगें। लेकिन अब भौजी भैया को बिलकुल समझे ही नहीं और अन्याव की बात बोलें, यह भवनाथ से नहीं सहा जाएगा। "अब हमें भी कुछ कहने देव!" भवनाथ ने जी कड़ा करके, छोटी बहू की ओर से बिलकुल ध्यान-नजर हटाकर कहा, "देखो

भौजी! हमको इतने साल से तुम्हारा और भैया का रत्ती-रत्ती हाल मालूम है। तुमने जितने जीवट से सब सहा और भैया ने जितने जीवट से सब अपने ऊपर ओढ़ा इसकी गवाही देनी पड़े तो हमारा रोम-रोम बोलेगा, लेकिन भौजी अब तुम्हारी आँख बदल गयी है। बिशन साला बेटी की कमाई...''

और बिरजा एकदम फट पड़ी, ''हाँ बोलौगे अपने भाई जैसी न! तोताचस्म जैसे तुम, वैसे तुम्हारे भाई! बहुत एहसान मत जताओ। था क्या मुंशीजी के? खँडहर जैसे घर में मुरदा जैसे पड़े थे। हम आये तो दीया-बत्ती जल गयी घर में। कोई टके को नहीं पूछता था। उमर बीत गयी थी। हम नहीं होते तो मक्खी भिनकती! और रहा बिशन मामा का? तो हम जो चाहें कह लें, गुस्से में; कोई पराया उँगली नहीं उठा सकता। इसाक मियाँ तो सुनी-सुनायी हाँकते हैं। तुम क्या कहोगे बिशन मामा के लिए! उनकी बेटी का कलंक बाद में बखानना, पहले अपनी बहन की ओर देखौ। बिटौनी को कौन नहीं जानता। बड़ी लीडरानी की दुम बनी है। मंगलापरसाद के चुनाव में मंजूर मियाँ काँगरेसी के साथ-साथ रात-बिरात हटिया से ले के कटघर तक का चक्कर लगात थीं।''

भवनाथ उठ खड़े हुए। पहले दोनों हाथों से कान बन्द कर, फिर माथे के ऊपर दोनों हाथ जोड़कर बोले, ''धन्य है भौजी! अभी क्रोध में हो। जब सुचित्त होगी तब बात करैंगे!'' और छोटी बहू की ओर देखकर, हाथ जोड़कर चले गये।

और जाते ही जैसे ग्रामोफ़ोन का तवा (रेकार्ड) पलट गया। दूसरा हिस्सा शुरू। अब बिरजा सिसक-सिसककर छोटी बहू को बता रही थी कि मुंशीजी तो देवता हैं। यही भवनाथ और इसाक ने उनका दिमाग़ बिगाड़ दिया। मुंशीजी तो बिरजा में जीते हैं, बिरजा में मरते हैं। कभी-कभी बहुत थक के आये तो कहते थे बिरजा गोड़ दबा दे। रोम-रोम से न्यौछावर रहते हैं।

''अरी बुढ़ाई दाँव की प्रीत बड़ी गाढ़ी होती है!'' छोटी बहू जानकार की तरह बोलीं। फिर चारों ओर एक बार देखकर कि कोई है तो नहीं, बिरजा के कान के पास मुँह लाकर फुसफुसायी, ''वैसे तो हमारे वो भी बहुत मानते हैं। कानपुर से कभी छठे-छमाहे आते हैं लेकिन हर तीसरे दिन कभी कानपुर की साटन छींट, कभी लखनऊ की गजक रेवड़ी, कभी कालपी की गुझिया। और आते हैं तो बस... लेकिन उनसे बढ़के हमारे बुढ़ऊ हैं। रात-दिन चक्कर लगाते हैं। चक्करघिन्नी की तरह और जैसे-जैसे उमर बढ़ती जाती है वैसे-वैसे लोभ...जानती हैं? कहते हैं...''

और इसके बाद छोटी बहू की अन्तरंग वार्ता शुरू हो गयी। बिरजा बीच-बीच में मुंशीजी के प्यार की बहुत मीठी बातें याद कर-करके रोती जा रही थी और छोटी

बहू की प्रणय-गाथा सुनती जा रही थी। असल में छोटी बहू और बिरजा की दोस्ती का मुख्य आधार यही था। बरसों से छोटी बहू तड़प रही थीं कि कैसे उन्होंने बेटे और बाप दोनों को कठपुतली बना रखा है इसका क़िस्सा किसे सुनाएँ, कैसे सुनाएँ। बरसों बाद बिरजा मिली थी जिससे बात फूटने का डर नहीं था!

इतने दिनों से बिस्तर पर बीमार पड़े-पड़े अब मुंशीजी के लिए संसार आवाज़ों का संसार हो गया था। पहले धूप के चढ़ाव-उतार से वक़्त गुज़रना मालूम होता था। अब दिशा और काल दोनों आवाज़ों में बदल गये थे। बहुत सुबह, पौ फटने के पहले खेत के कुएँ पर की गड़ारी बोलने लगती थी। कभी-कभी अगर हवा इधर की हो तो जमुना के पुल पर से चरबज्जी (चार बजेवाली) डाक गाड़ी के गुज़रने की आवाज़ आती थी। फिर गली में से बदलू कुम्हार खच्चर पर सकोरे लादकर हट्टी ले जाता था। खेत में एक ख़ास वक़्त पर टिटिहरी बोलती थी और दोपहर को तोते। ओलती के बाँसों पर कभी-कभी कबूतर का जोड़ा आ बैठता था और कभी-कभी पतंग लूटते बच्चों का शोर। कभी पिडोर मिट्टी, कभी पुराने बरतन और कभी कपड़े बेचनेवालों की आवाज़ें, कभी नल की टिप-टिप-टिप...जिस दिन रात को आठ बजे कल्याणी देवी के मन्दिर की आरती का घण्टा घड़ियाली सुनाई पड़ जाए उस दिन मुंशीजी लेटे-लेटे हाथ जोड़ लेते थे। कुछ आवाज़ें समय और आयु का बन्धन पार कर अपने को दोहराती थीं और वर्तमान की आवाज़ों में ऐसे घुल-मिल जाती थीं गोया अभी-अभी बोली गयी हों। उनके साथ कभी-कभी मुंशीजी की अपनी आवाज़ भी होती थी। एक दिन नैनी से छूटकर जमुना पुल पर गाड़ी की आवाज़ आयी कि मुंशीजी को हरदेई की आवाज़ सुनाई पड़ी। ''बेटा, तुम्हारा खैनी-तमाखू का बटुआ आले में रख दिया है, कचहरी जाते बखत ले लेना।'' मुंशीजी चौंक पड़े। नैनी से यहाँ रेलगाड़ी की आवाज़ आ जाए हरदेई की थोड़े ही आ सकती है! एक दिन तीसरे पहर वही बाँस के कीड़ों की कर्र-कर्र : ''अब हम जाएँ! कहो तो नीचे सो रहें!'' बिरजा की आवाज़! ''अब कहाँ जाना है, बिरजा!'' पर मुंशीजी तो बोले नहीं! बिरजा भी थी ही नहीं! कुछ आवाज़ों का मुंशीजी को इन्तज़ार रहता था। संझा वेला, बल्कि गोधूलि तक राघोराम के बूट की चर्र-मर्र और पहला सवाल, ''माई रे! मुंशीजी ने दवा खा ली? कैसी तबीयत है?'' और इस आवाज़ पर मुंशीजी को लगता था बदन की पीर कम हो गयी।

लेकिन सबसे अजीब लगता था जब मुंशीजी पड़े-पड़े आँख खोलते और गोबर

लिपी दीवार, आला, ओलती, टीन के बक्से सब पर से घूमती हुई निगाह सामने पैताने की बड़ी खूँटी पर टिक जाती जहाँ हरिया की सारंगी टँगी थी। इस बीच में कब हरिया वहाँ अपनी सारंगी टाँग गया किसी ने ग़ौर भी नहीं किया। कोठरी में अँधेरा था पर मोखे में से रोशनी सारंगी पर बराबर पड़ती रहती थी। इतनी सारी तमाम-तमाम आवाज़ों के बीच ख़ामोश टँगी एक सारंगी बिलकुल बेआवाज़। मुंशीजी अकसर उसे बेमतलब देखते रहते एकटक, फिर आँख मूँदकर इन्तज़ार करते कि कोई अदृश्य हाथ कमानी खींचेगा और सारंगी से बोल फूटेंगे।

कभी-कभी आँख मूँदे-मूँदे मुंशीजी को लगता कि कोठरी, खाट, मोखा, सब छोटे हो गये हैं और सारंगी इतनी बड़ी, इतनी बड़ी, इतनी बड़ी हो गयी है कि सब आवाज़ें उसी में बजने लगी हैं। कुएँ की गड़ारी, पुल पर गुज़रती रेल, कबूतर की गुटरगूँ, बसन्तू के लँगड़े घोड़े की लदर-फदर, हरदेई, बिरजा, मुंशीजी सबकी आवाज़ें उसी में बज रही हैं। कौन निकालता है ये बोल? मुंशीजी अचरज से आँखें खोलते तो पाते खूँटी पर सारंगी वैसी टँगी है, ख़ामोश, बेआवाज़!

हफ़्तों बीत गये थे हरिया ऊपर आया भी नहीं था सारंगी देखने तक के लिए। इधर जब से राघोराम की शादी की चर्चा थी हरिया का चित्त सारंगी से भी उचट गया। कहाँ घूमता रहता था कुछ पता नहीं। घर में अलबत्ता शान्ति थी। वैसे एक-आध झपट सुबह-शाम बिरजा से होती और फिर बहुत देर तक बिरजा की झककल चालू रहती।

उस दिन भवनाथ ने आकर बताया कि आजकल हरिया की चाल बहुत बिगड़ गयी है। वो मेहरिया बेड़िन है न, उसी के चक्कर में है। एक बार तो दारू पीकर घूम रहा था। अनवर अफीमची ने एक बदनाम बेड़िन बैठा ली थी, बाद में उसे मुसलमान बनाकर उससे निकाह भी पढ़ा लिया था। नया नाम था मेहरुन्निसा लेकिन सब उसे मेहरिया ही कहते थे। मशहूर था कि वह शुरू से ही कभी किसी को 'नहीं' नहीं कह सकती थी और निकाह के बाद भी वह ज्यों-की-त्यों थी। इसलिए मुहल्ले की कहावत बन गयी थी—'अनवर की बीवी, शहर-भर की मेहरिया।' लेकिन हरिया! वह तो बच्चा था उसके आगे। कम-से-कम बारह बरस बड़ी तो होगी। छीः छीः !

बिरजा को दूसरा शक पड़ गया। कुछ दिन पहले राघोराम की बहू के लिए जो कपड़ा-ज़ेवर रखा था, उसमें से एक नये चाल की अँगिया और एक इकलाई की चूड़िया पाड़ की धोती नहीं मिल रही थी। हो न हो यह हरिया की करतूत

है। आने देव। अबकी लोढ़ा से उसकी खोपड़ी का कचूमर न निकाला तो बिरजा बिरजा नहीं। ले जाय अपना कपड़ा-लत्ता, सारंगी और रहे उसी अफीमची के घर। दारू पिये, कहे तो बिरजा लोटा में संखिया घोल के पिला दे।

ज़रूर बीमारी का असर था नहीं तो मुंशीजी के दिमाग़ में ऐसा गलीज़ ख़याल काहे को आता। सामने सारंगी टँगी थी न, उसे देखकर उन्हें बार-बार मेहरिया के पतले छरहरे बदन का ख़याल आता था। उन्होंने एक बार देखा था। ऊपर सारंगी का हत्था होता है न, नीचे दो कटाव, पतली कमर, कूल्हे की तरह फिर गोल पेटा। सुनहरा गन्दुमी रंग। छरहरा बदन, ऐसे ही कूल्हे की दो हड्डियाँ उभरी हुई और...छी! छी! तब मुंशीजी को कैसा लगा था? हुआ यह था कि सत्तार ख़ाँ तब कोतवाल थे, बड़े दबंग। अपने वकील साहब से बहुत छनती थी। वकील साहब के ही किसी काम से कोतवाली गये थे। कोतवाल साहब अन्दर के कमरे में थे, मुजरिमों की पेशी हो रही थी। वहीं उन्होंने मुंशीजी को बुला लिया था। बेडिन की बिटिया तब चौदह-पन्द्रह बरस की होगी, लेकिन कच्ची शराब के किसी क़िस्से में पकड़कर लायी गयी थी। आते ही उसने पुलिसवालों के बेड़िनों के साथ के मधुर सम्बन्धों का वर्णन चीख़-चीख़कर ऐसे अल्फ़ाज़ में करना शुरू किया कि कोतवाल साहब बिगड़ गये, ''साली के कपड़े उतारकर दस जूते लगाओ।''

''जूते लगा लो, खबरदार हाथ न लगाना। हम खुद अपने कपड़े उतार देंगे।'' और बिजली की तेजी से उसने अपने कहे पर अमल करना शुरू कर दिया। कपड़े यह जा वह जा और आँख मटकाकर कोतवाल साहब को चिढ़ाये जाय। सत्तार ख़ाँ रोज़ा-नमाज़, धरम-करम के पक्के थे, ''तौबा! तौबा! दोजख़ी है साली। नंगी मादरज़ाद! ले जाओ इसे!'' मुंशीजी ने मुँह फेर लिया था।

लेकिन तब जिस बदन, कमर, कूल्हे की एक झलक भी उन्हें सह्य नहीं थी अब कभी-कभी सारंगी में उसे देखते रह जाते थे एकटक। बजरंग स्वामी! यह क्या हो गया? एक समय ऐसा आता है जब चीज़ों के नाम, रिश्ते सन्दर्भ सब ग़ायब हो जाते हैं। अनके चीज़ें एक चीज़ बन जाती हैं। अब वह सिर्फ़ कमर थी, कूल्हे की उभरी हड्डियाँ, कमर का कटाव। ख़ामोश, बेआवाज़ औरत का बदन। नाम कोई भी हो।

और फिर मुंशीजी को याद आता कि जब ये बहुत उद्विग्न थे तब वकील साहब ने कहा था, ''मुंशीजी, तुम तो समझदार हो! जो किया तो अब नतीज़े के लिए तैयार रहो। भैया हम दोष नहीं देते। यह औरत ऐसी खाई है कि बड़े-बड़े ऋषि-मुनि भवसागर पार गये लेकिन इस खाई में गिरे तो बचे नहीं। फिर हम-तुम तो इनसान हैं। इसी मोह-माया से पैदा हुए हैं। इसमें शान्ति नहीं पर इससे

निस्तार भी तो नहीं। अब मन छोटा न करो, कुछ दिन बदरीनाथ हो आओ। मन शान्त हो जाएगा।'' काश! मुंशीजी उस रात रुकते नहीं, बदरीनाथ हो ही आते। भगवान, उसी का दण्ड तो नहीं दे रहे हो?

हरिया की हरकतों पर कई बार मुंशीजी को मर्मान्तक कष्ट हुआ है। सारंगी पर संगत वाली बात पहले दिन सुनी थी तो कितने बेचैन हुए थे लेकिन इतनी बड़ी बात पर उन्हें कुछ व्यथा ही नहीं। बस यह सोचते रहे कि यह मेहरिया छोटी थी तो अपने से दस-दस, बीस-बीस बरस बड़े मरदों को नचाती थी और अब अनवर अफीमची की छाती पर मूँग दलकर दस-दस बरस छोटे छोकरों को नचाती है। और अनेक आवाज़ों में एक पुरानी आवाज़ गूँजती हुई। तास-पत्ते के दिन इसाक मियाँ की टाल पर लकड़ी माँगने आयी थी मेहरुन्निसा और पैसा दिया नहीं। फ़रमाइश पर एक ग़ज़ल सुनायी थी—''पान खाना, लब रचाना, दिल लुभाना छोड़ दो!'' और चलते बखत मुंशीजी को कोहनी मारकर बोली, ''खेत में से जाना है। हमें डर लगता है, घर पहुँचा दो न! अकेली हूँ। अनवर निगोड़ा तो डेरे के साथ गया है।'' अन्त में राम का भार बड़े मौक़े पर लक्ष्मण ने सँभाल लिया था। भवनाथ उठ खड़े हुए पहुँचाने के लिए। मुंशीजी को बजरंग स्वामी ने बचा लिया, लेकिन अब हरिया को कौन बचाए!

[लेकिन कौन बचता है। गीता की टीका में पढ़ा था न, जो बचता है वह बचता नहीं और जो नहीं बचता वह कहीं बच जाता है। लेकिन अब पता नहीं क्यों, मुंशीजी का मन गीता में लगता ही नहीं था।]

हरिया पर कहाँ तक बचता। उस दिन इसाक मियाँ ने पकड़ लिया। लकड़ी लादकर जमना पार से नावें आयी थीं और इसाक मियाँ माल छुड़ाने गये थे। लौट रहे थे। तो बीच में जहाँ बिलकुल निचाट जंगल है और बेरी के पेड़ हैं, वहाँ एक बेर के पेड़ के नीचे हरिया बैठा बेर खा रहा था। बग़ल में कपड़ों की पोटरी थी। दो-चार झापड़ खाकर सब क़बूल दिया। मेहरिया ने कहा था कि उसे जिन्न जगाना आता है। नंदी किनारे सियार की माँद पर सूरज डूबते समय सब कपड़े उतारकर सिद्धी जगाती है। लेकिन हरिया या तो जोड़ी कपड़ा दे या पाँच रुपया। हरीराम जोड़ी कपड़ा लिये सियार की माँद के पास मेहरिया के आने के इन्तज़ार में बैठे थे। भवनाथ टाल से हरिया को पकड़ चोरी के माल सहित घर लाये थे और फिर जो आँगन में कोहराम मचा था कि पाण्डेजी घर से दौड़कर आये कि हो क्या गया। बिरजा ने चूल्हे की लकड़ी निकालकर हरिया को पीटा था और अगर मुंशीजी ऊपर से चिल्लाते नहीं तो उस दिन हरिया की हड्डी-पसली नहीं बचती।

पिट-पिटाकर हरिया ऊपर आया। पहली बार हरिया सचमुच सहमा हुआ था, दयनीय! चोट काफ़ी लगी थी। थोड़ी देर कराहता रहा, फिर दीवार का सहारा लेकर उठा, अपनी सारंगी उतारी, झाड़-पोंछकर उसकी खूँटियाँ कसने लगा। लेकिन न मुंशीजी से वह बोला, न मुंशीजी ने उससे कुछ कहा। इसी बीच राघोराम आया। मुंशीजी को लौकी का झोर पिलाकर बदन दाबकर चला गया। और तब पता नहीं मुंशीजी को क्या सूझा। बोले, ''जिन्न क्यों जगा रहा है रे हरी!'' हरी ने अचरज से देखा, जवाब दे कि न दे। मुंशीजी ने फिर कहा, ''बोल रे!''

''क्या करें! क्या हमारा मन नहीं होता कि राघो भैया की तरह खाएँ, पहनें ? लेकिन हम किसी की नौकरी नहीं बजावैंगे। जिन्न सध जाए तो...'' हरीराम की आँखों में बड़े-बड़े आँसू थे। और पता नहीं भगवान ने कैसी मति फेरी मुंशीजी की, बुलाया, ''हरीराम इधर आ!'' हरीराम सम्भावित तमाचे से अपना मुँह दोनों हाथों से बचाये, पास जाकर खड़ा हुआ कि उन्होंने टटोलकर तीन रुपये और कुछ रेजगारी निकालकर दी, ''देख हरी! माई से कुछ नहीं कहना, समझा! ये पाँच रुपये ले जा। जब तेरे मन में जाग गयी है तो जो मन में आए, कर ले। फिर अपने इलम-हुनर में लग। सारंगी छोड़ना नहीं है, समझा! और उस औरत की संगत में पड़ गया तो पड़ ही गया मगर देख उसके चंगुल में नहीं पड़ना। समझा!''

हरीराम पहले डर गये, फिर चारों ओर देखा, फिर रुपये गिनकर टेंट में खोंसे, फिर बहुत प्रसन्न होकर कोने में जा बैठे। आधा दरद ग़ायब हो गया था। और भी उत्साह से सारंगी ठीक करने लगे।

मुंशीजी के मन में जाने कौन-सी इच्छा अदम्य होने लगी। बड़े प्रगाढ़ स्वर में बोले, ''हरिया! ज़रा अपनी सारंगी सुना न! हम भी सुनें!'' हरिया के हाथ बड़े उत्साह से उठे, गज़ थामा, साधा, खींचा कि एकदम जैसे कुछ ख़याल आ गया। झटककर सारंगी रख दी और उठकर खड़ा हो गया, ''मुंशीजी, पाँच रुपये देके हमारा इलम-हुनर माँगते हो! यह रुपया हम पर उधार है। तुम्हारा भी, माई का भी, राघो भैया का भी! जितना लिया है एक-एक पाई हरीराम चुका देंगे। हमारे इलम-हुनर में दखल देने की जरूरत नहीं, हाँ!'' और सारंगी टाँगकर पाँव पटकते नीचे उतर गया।

मुंशीजी ने गहरी साँस ली और करवट बदलकर आँखें मूँद लीं।

कमज़ोरी तो बेहद थी, लेकिन बदन की ऐंठन और दरद में कमी थी और सबसे बड़ी बात यह थी कि मुंशीजी अन्दर से जाने क्यों बहुत हलका महसूस करने लगे

थे। लगता था कि कठिन वक़्त पार कर गये और वैदजी का भी कहना था कि फागुन लगते-लगते मुंशीजी चलने-फिरने लगेंगे। अगले दिन हरदेई नैनी से आयी तो मुंशीजी ने उससे कहा कि उनकी बड़ी इच्छा है नीचे ओसारे में खाट डलवाने की। आँगन देखे कितने दिन हो गये। भवनाथ, राघोराम, हरीराम सब मिल के किसी तरह मुंशीजी को नीचे लाये। बिरजा भी ख़ुश थी। तीन-चार गोरसी में कोयला सुलगाकर लायी थी; आँगन सुबह उठकर बुहारा; तुलसी-चौरा को गेरू से रँगा। आँगन में धूप बहुत अच्छी लग रही थी। जहाँ बिरजा ने चावल बीनकर किरनकी फेंकी थी वहाँ गौरैया उतर आयी थी। हालाँकि एक बात का दूसरी से कोई तारतम्य नहीं था लेकिन जाने क्यों धूप में गौरैया को फुदकता देखकर मुंशीजी को लगा कि उन्होंने बजरंग स्वामी से जो सवाल पूछा था उसका उत्तर चाहे न मिला हो पर भगवान हैं, ज़रूर हैं। बिना उनके हुक्म के पत्ता नहीं खड़कता। इतवार था। शाम को वकील साहब देखने आये, मुंशीजी बहुत ही पुलककर बोले, ''अब अच्छे ही समझो। कमजोरी बाकी है। अब की फागुन-चैत में कपाट खुल जाए तो बदरीनाथ भगवान के दरसन जरूर करेंगे।''

''राघो की माँ को भी ले जाना।'' वकील साहब बोले।

रात को ओसारें में टाट का परदा टाँगकर सर्दी की रोक की गयी और इसाक मियाँ ने टाल से कुन्दे भिजवा दिये कि ईंट का थाला बनाकर सुलगा दें—ठिठुरन नहीं व्यापैगी।

तीसरे दिन बिटौनी आयी। यही शाम को तीन-चार का समय रहा होगा। बिरजा भात राँध के, राघोराम को कचहरी भेज के चल देती थी, कभी छोटी बहू, कभी बिशन मामा, कभी पँड़ाइन के यहाँ। न वह बताती थी, न मुंशीजी पूछते थे। बिटौनी आयी और बैठी ही थी कि उसके मिनट-भर बाद बिरजा ख़बर पाकर तुरत आयी और कनखी से बिटौनी की ओर देखते हुए अत्यन्त मर्यादित गृहिणी की तरह बोली, ''ज़रा पल-भर के लिए छोटी बहू ने बुलाया था तुम्हारी तबीयत का हाल पूछने। तुम्हारी आँख लग गयी थी तो जगाया नहीं।'' और फिर मुंशीजी का कम्बल-तकिया ठीक करते हुए उनके माथे पर हलके से हाथ फेरकर उधर तख़्त पर बैठकर सुपारी कतरने लगी।

बिटौनी बहुत देर तक भैया के पास बैठी रही। ज़्यादा बोली नहीं। अगर मुंशीजी सतसहाय या बच्चों के बारे में पूछें तो बता दे और बाक़ी बीच-बीच में आँख डबडबाकर चुपचाप भैया की ओर देखती रहे। बहुत देर बाद दबी ज़बान बोली, ''भैया, तुम खुश रहो, अच्छे रहो, हम कभी कुछ कहती थीं तो इसी खयाल से कहती थीं। हमारे कहे-सुने को क्षमा कर देना!''

"नहीं बिटौनी! ठीक है बेटा!" मुंशीजी भरे गले से बोले। बिटौनी आँख पोंछती उठ खड़ी हुई। बिरजा तख़्त पर बैठी सुपारी कतरती रही। न बिटौनी उससे कुछ बोली, न वह बिटौनी से। भवनाथ और राघोराम आ गये थे। राघोराम ने एक पल मुंशीजी की ओर देखा, फिर बोला, "ठहरिए! पान तो खाती जाइए!" और माँ के पास रखे पानदान से एक पान बना लाया।

बिटौनी ने निःसंकोच हाथ बढ़ाया कि बिरजा पर निगाह पड़ गयी और एकदम हाथ रोककर बोली, "हमारे यहाँ एक पान नहीं लेते, अशुभ माना जाता है।" राघोराम दूसरा पान बनाने उधर गया कि बिरजा ने पानदान अलग खींच लिया, बोली, "हम छोटे आदमी हैं, ग़रीब आदमी हैं। एक ही पान है नहीं खाना हो तो न खाओ भाई! हमें मान रखना था सो रख दिया।"

"अरे छोटे को छोटा नहीं समझते," भवनाथ बीच-बचाव करने के लिए बोले, "बरोसी में बड़ा कोयला जल जाता है, छोटा कोयला ठहर जाता है।" और बरोसी पर आग तपता हुआ हाथ उधर बढ़ाकर बोले, "लाओ, लाओ, बहन की ओर से हम ले लेते हैं पान!"

चलते-चलते बिटौनी ने फिर मुड़कर भैया की ओर देखा, "कैसी कंचन काया थी भैया की। मिट्टी में मिला दी लोगों ने! हे भगवान!" और चली गयी। बिरजा ने सरौते में दबी सुपारी दाँत भींच के एक ही झटके में कतर दी। "ऊँह! आवें चाहे जायँ!"

मुंशीजी जड़ थे। भावशून्य!

पता नहीं मग़ज़ की कमज़ोरी थी या थकान, अकसर पहले जिन बातों पर उनका ख़ून खौल उठे या मन चोट खा जाए ऐसी अनेक बातें अब अपने मन ऊपर से ही टाल देती थीं। तर्कपूर्ण तारतम्य जुड़ता ही नहीं था या जुड़ता था तो ऐसा जैसा गौरैया देख के भगवान का! लेकिन शायद एक बात और थी, पहले मुंशीजी के सामने गीता के सीन के मुताबिक़ सारा सीन साफ़ था। परदे पर इधर पाण्डो सेना बनी है उधर कौरो सेना, बीच स्टेज पर अर्जुन खड़ा है। इधर सब सम्बन्धी हैं, पर उधर भी तो सब अपने हैं। अर्जुन कैसे बान चलाए! लेकिन यहाँ तो परदे पर मुसव्विर ने सीन ही ग़लत पेण्ट कर दिया। दोनों सम्बन्धी हैं, लेकिन दोनों ही मुंशीजी का पक्ष लेकर मुंशीजी के ही ख़िलाफ़ हल्ला बोल रहे हैं। अब मुंशीजी क्या बान चलावैं और क्या मोह बखानैं। दोनों बराबर, दोनों बेकार। राघोराम लौकी का झोर बनाकर ले आया था और वे उसमें थोड़ा पिसा जीरा और डालकर चुपचाप

पीने लगे। हरी धनिया होती तो और मज़ा आता।

ठण्ड बढ़ गयी थी। ओसारे का टाट गिरा दिया राघोराम ने और आग में एक नया कुन्दा डाल दिया। मुंशीजी अच्छी तरह कम्बल लपेटकर लेट गये। आँख बन्द कर ली और जाने क्यों बिटौनी का ख़याल लौट आया। यह पाकड़ तले हनुमानजी की मूरत मिली थी न, उस दिन बच्चों के साथ मेड़ पर खेलते-खेलते बिटौनी को बड़ी देर हो गयी थी। खोजने गये तो बिटौनी और बाक़ी बच्चे पाकड़ तले जमे थे। पहुँचते ही बिटौनी ने बताया, "भैया, यहाँ पाताल लोक की सुरंग है। भगवान जी भी दरवाज़े पर हैं।" मुंशीजी ने देखा हनुमानजी की मूर्ति थी और पास में एक भीटा। गहरी गुफा सरीखा। शायद सियारों ने खोदा होगा। बच्चे उत्साह से बोले "मुंशी भैया, इसमें घुसो तो पाताल में निकलता है।" पाताल में क्या होता होगा? मुंशीजी ने सोचा। नागबासुकी होगा, तक्षक भी होंगे, शेषनाग होगा और उनके सब सिपाही अर्दली नाग होंगे। अगर कोई वहाँ पहुँच जाए तो नाग-ही-नाग, नाग-ही-नाग। मुंशीजी को झुरझुरी छूटने लगी। बढ़ती ही गयी। आँख खोल दी। "राघोराम बेटा, बहुत सर्दी लग रही है। ज़रा एक कम्बल और डाल दे रे..." दाँत-से-दाँत बजने लगे थे और पसली में ऐसा दरद मानो कई-कई साँप डँस रहे हों। थोड़ी देर में घर-भर के कम्बल-रज़ाई-गद्दे लद गये और मुंशीजी की झुरझुरी बन्द नहीं हुई। राघोराम वैद्यजी को बुलाने दौड़ा।

"तुम लोग जान लेने पर तुले थे! ऐसी नाजुक हालत मरीज की और खुले ओसारे में ला के डाल दिया! ऊपर कोठरी में ले जाओ। लक्षण बहुत बुरे हैं। अगर सरशाम हो गया तो धन्वन्तरि भी नहीं बचा सकेंगे! तेल का और लोहे का दान करा देना। शनि की दोहरी मारक दृष्टि है!" वैद्यजी ने बताया।

रात-भर और दूसरे दिन-भर फेफड़े में बेहद बलगम जमा हो गया था। साँस घरघराकर चलती थी लेकिन पूरे होश में थे। एक बार हँसे-बोले भी। हरिया कब आया किसी को पता नहीं चला। लेकिन आकर उसी कोने में चुप मूरत की तरह बैठ गया। बीच में बोले मुंशीजी तो एकदम उठकर गया और बोला, "मुंशीजी! वह हरामजादी है। बिलकुल दोज़ख़ी। हम उसके चंगुल में नहीं..." और राघोराम ने डाँट दिया, "क्या टें-टें लगाये है! देखता नहीं मुंशीजी की क्या हालत है! एक झापड़ देंगे..." डाँट खाकर फिर उसी कोने में आकर बैठ गया। बिलकुल ख़ामोश! रात आठ बजे भवनाथ टाल पर खाना खाकर हुक़्क़ा गुड़गुड़ाने जा ही रहे थे कि घबराया हुआ राघोराम पहुँचा, "आपको अम्मा बुलाती हैं!"

भवनाथ हड़बड़ाकर उठे, "भैया तो ठीक हैं?"

"हाँ ठीक हैं!" बहुत भरी आवाज़ में उसने कहा। भवनाथ घर की तरफ़ चले तो बोला, "उधर नहीं, बिशन मामा के घर!"

सब ख़ामोश थे। वैद्यजी भी थे और राघोराम के ससुर गोबिन्द महाराज भी। बिरजा औरतों के बीच में थी, बाल बिखरे, आँख सूजी, अजीब-सी शक्ल। वैद्यजी बोले, "भवनाथ हमने कहा था न कि मारक दृष्टि है! किसी-न-किसी को तो लेती ही!" और फिर गोबिन्द महाराज ने बताया कि आज दोपहर को राघोराम का बाप गुजर गया। कुछ दिन से गोपीगंज में ही आ गया था, अफीम खा के पड़ा रहता था। अभी मट्टी नहीं उठी है। बिरजा और राघोराम जाएँगे तब उठेगी। एक मोटरवाला माल खरीदने इलाहाबाद आ रहा था। उसी के साथ आये हैं। उसी के साथ घण्टे-भर में जाना है। इतनी देर में सबसे बातचीत करके तय हुआ है कि बिरजा और राघोराम अभी चले जाएँ। बिरजा कल शाम तक लौट आवे लेकिन राघोराम को तो दाग देना है, कम-से-कम तेरह दिन रहना पड़ेगा। पूजा करके सूतक शान्त करा देंगे। बियाह में कोई रुकावट नहीं आएगी। उसी तारीख़ में हो जाएगा। अब देर करने की जरूरत नहीं। कपड़ा-बिस्तरा बाँधें और तुरत बिरजा और राघोराम चलें।

कोई कुछ नहीं बोला। कोई अपनी जगह से हिला भी नहीं। बस भवनाथ उठे और भौजी से बोले, "भौजी, इधर आना!"

बिरजा ने फटी-फटी आँखों से देखा और अपनी जगह जड़ बैठी रही।

"भौजी तुम जाओगी?" भवनाथ ने पूछा। बिरजा कुछ नहीं बोली।

मामी टन्नाकर बोलीं, "अब ऐसे में मुंशियाना नहीं चलेगा लाला! कोई छुट्टा-छोड़ा तो हुआ नहीं था। जाना तो पड़ेगा ही। राघोराम भी दाग नहीं देगा तो परेत-राच्छस बनके मुरदा छाती पर बैठा रहेगा और गोपीगंजवाले तो ऐसे में ब्याह करेंगे नहीं। बिरादरी में कौन करेगा, हम देखेंगे!"

भवनाथ चुप खड़े रहे कि भौजी कुछ बोलें। नहीं बोलीं तो बोले, "चिन्ता न करो भौजी! हम चौबीस घण्टा रहेंगे। खाना तो हम तुमसे अच्छा बनाते हैं। कल शाम को तुम आ ही जाओगी।"

बिशन मामा खुद राघोराम के साथ गये कपड़ा-बिस्तरा निकलवाने। बाहर खड़े रहे। राघोराम ने बिना ज़रा भी खटपट किये कपड़ा-बिस्तरा निकाला। ऊपर झाँककर देखा। मुंशीजी सो रहे थे। हरिया भी कोने में कम्बल ओढ़ के सिमटा पड़ा था। वहीं सीढ़ी से धरती छू के मुंशीजी को प्रणाम किया और फिर जैसे कहीं कुछ जमा हो गया था वह फूट के निकल पड़ा। सिसकते-सिसकते बाहर आया।

बिशन मामा ने पीठ पर हाथ रखा, ''आज तुम बेबाप के हो गये बेटा! कोई बात नहीं, हम तो हैं!'' रोते हुए अस्फुट स्वर में राघोराम क्या कह रहा था कुछ समझ में नहीं आया!

भवनाथ लौट के आये तो एक-एक पाँव सौ-सौ मन का हो रहा था। मुंशीजी सो रहे थे। बस साँस की घर-घर और साँस के साथ कम्बल का उठना-गिरना! वैद्यजी कह रहे हैं कि बारह घण्टे में साँस की चाल ठीक हो जाएगी। कुम्भ नहाने आये थे राजा बराँव तो यही हालत हो गयी थी। बस इसी दवा से बारह घण्टे में उठ बैठे थे। और घोड़ा दौड़ाते हुए बराँव लौटे थे। अब कोई चिन्ता नहीं। लेकिन हरिया के भरोसे भैया को भवनाथ कैसे छोड़ें! हरिया को जगाया। औंधा-नींदी में घूम रहा था। ''देख रे! भौजी और राघोराम नैनी गये हैं। हरदेई की तबीयत खराब थी। समझा! कल शाम को आएँगी भौजी। हम टाल जाते हैं अपना कम्बल-कथरी लाने। नीचे पड़ रहेंगे। जब तक आवैं सोना मत!''

हरी उठ बैठा। नीचे की ढिबरी ला के ऊपर रख ली। लम्बे बीमार की एक कड़वी गन्ध होती है। दवा की, छाती के लेप की, काढ़े की घुली-मिली। कोठरी में अँधेरा और गन्ध और मुंशीजी के साँस की घर-घर। ढिबरी आते ही अँधेरा हल्काया और खाट की, मुंशीजी की छाया दीवार पर भाँपने लगी। इस दीवार पर सारंगी की छाया। हरिया का जी बहुत घबराने लगा। कुछ समझ में नहीं आया। सारंगी उतारकर खूँटी उमेठने लगा। सुना मुंशीजी कराह रहे हैं। हरिया उठा। बुला रहे थे, ''बिरजा, बिरजा!''

''माई और भैया नैनी गये हैं। नानी की तबीयत खराब है।'' हरिया बोला। मुंशीजी ने आँख खोलकर चारों ओर देखा—दीवार, खपरैल, मोखा, टीन का सन्दूक़। फिर आँखें बन्द कर लीं। ''बजरंग स्वामी! बड़ी पीर है!'' फिर बोले, ''राघो, बेटा राघो!''

हरिया पास आया, ''भैया भी गये हैं। नींद नहीं आती मुंशीजी! सारंगी सुनावैं! आप उस दिन कह रहे थे। नींद आ जाएगी।'' मुंशीजी ने फिर आँखें बन्द कर लीं। गाने में सुना श्ग बदरीनाथ के चन्दन के कपाट हैं। हीरा, मोती, पन्ना, पुखराज जड़ा है। देखा मोखे के पल्ले में कोई हीरा, मोती, पन्ना, पुखराज जड़ गया है। पास में बिरजा खड़ी है, ''तो हम जाएँ मुंशीजी!'' मुंशीजी ने रोका नहीं। ''ज़रा कपाट खोलती जा रे! बड़ी घुटन है कोठरी में!'' कपाट खुल गये। मोखे के बाहर देखा। न खेत था न कुआँ। न हनुमान-चौरा। बस ऊँचे-ऊँचे पहाड़ और बरफ, और निचाट रास्ता और मुंशीजी गुड़गुड़ी लेकर निकल गये। बरफ की आँधी हाड़-हाड़ कँपा रही थी। पाँव फट गये थे। ज़बान ऐंठ रही थी। बस घाटी और

पहाड़। न कहीं मन्दिर न तीरथ। कहीं कोई चिड़िया तक पंख नहीं मारती थी। बरफ, बियाबान बरफ।

"अरे कोई है रे!" उन्होंने गला फाड़कर पुकारा।

"हम हैं न!" हरिया बोला। मुंशीजी ने आँखें खोलीं। हरिया का चेहरा सूख गया था। "मुंशीजी!! ऐसे न देखो मुंशीजी! हमें बड़ा डर लगता है। क्या चाहिए बोलो न मुंशीजी ! हम भी तुम्हारे बेटा हैं, मुंशी जी।" हरिया बिलबिलाकर रो पड़ा। मुंशीजी ने आँखें फिर मूँद लीं और बरफ में धँसते चले गये...सब तरफ़ सन्नाटा था, बस कहीं सारंगी बज रही थी।

भवनाथ ने गली में ही हरिया की चीख़ सुनी। दौड़े-दौड़े आये। हाँफते-हाँफते सीढ़ी चढ़े। माथा-नब्ज़ देखा। बरफ की तरह ठण्डा पड़ गया था सारा शरीर।

□□□